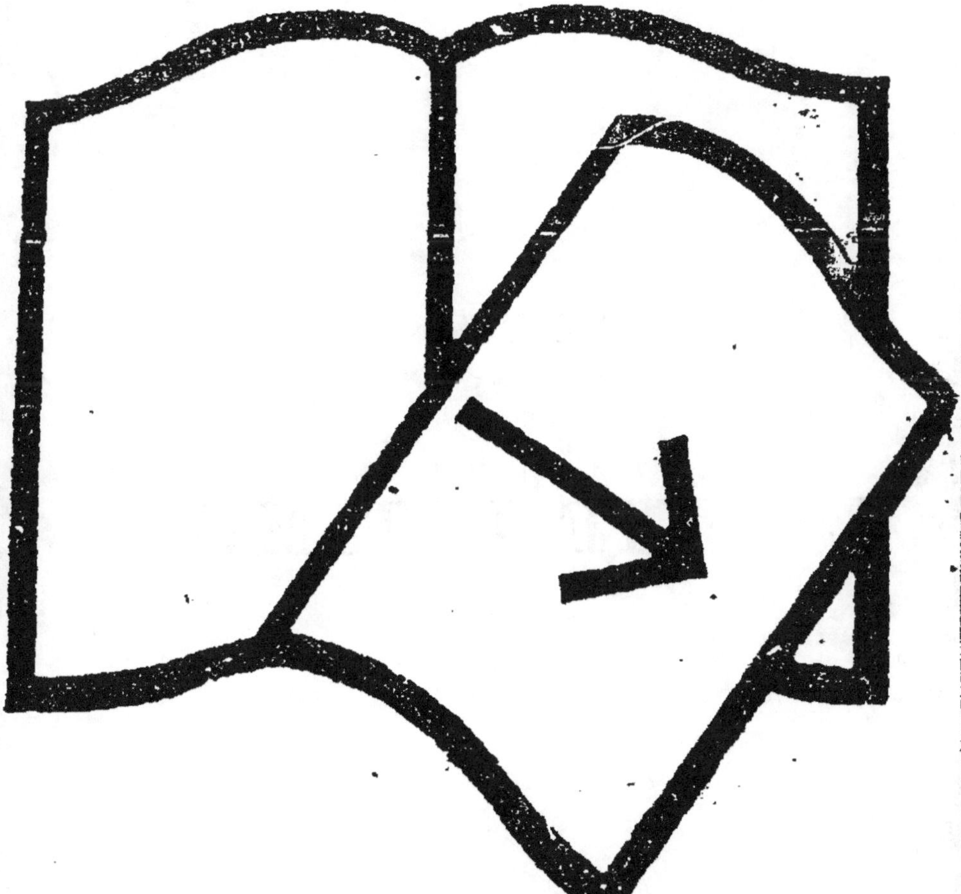

Couvertures supérieure et inférieure
manquantes

CONTES

DE

LA VIE INTIME

TOURS, IMPRIMERIE DESLIS FRÈRES

ANDRÉ THEURIET

CONTES

DE

LA VIE INTIME

PARIS

N. MARTINET, ÉDITEUR

27, RUE DE SEINE, 27

LE PORTRAIT

SOUVENIRS DE DOUARNENEZ

— Tiens, Le Chantre, écoute ce que dit le *Figaro :* « Un renseignement très intéressant pour « les collectionneurs nous est envoyé par un « abonné de la Bretagne. Notre correspondant « affirme avoir vu dans un manoir du XVIᵉ siècle, « situé aux environs de Douarnenez, entre Pont- « Croix et la pointe du Raz, un portrait de « Marguerite de Valois, peint par François « Clouet... »

— Fichtre !... un Clouet... Tu crois ça, toi ?

— Laisse-moi donc achever : « Ce portrait, « qui représente la reine Margot à dix-huit ans, « de trois quarts, les cheveux frisottés et rele- « vés sur les tempes, serait celui que Nicot, « l'ambassadeur de France à Lisbonne, remit à

« don Sébastien quand il fut question d'une al-
« liance avec le Portugal... Ce n'est pas, du reste
« le seul intérêt qui s'attache à ce manoir bre-
« ton, perdu en pleine lande. Il paraîtrait que
« c'est dans cette même demeure que les giron-
« dins Pétion et Barbaroux, errant en Bretagne
« et proscrits après le 31 mai, auraient trouvé
« un asile en 1793. — Les amateurs sont
« avertis. »

— Diable !... Et le nom de ce manoir historique ?

— Le journal ne le dit pas, répondit le jeune
homme qui venait de lire ce passage.

— Le correspondant a oublié d'éclairer sa
lanterne !

Cette conversation avait lieu un matin d'août,
dans un atelier situé au rez-de-chaussée d'un
vieil hôtel du quai Bourbon, entre deux hommes
encore jeunes, qui flânaient en veston de travail,
dans la grande pièce haute de plafond, dont les
murs étaient entièrement couverts d'études et
de tableaux. Par les deux larges fenêtres, une
lumière gaie et limpide pénétrait librement et

éclairait en plein les figures très dissemblables des deux interlocuteurs.

Celui qui avait lu le journal, et qui se nommait Jacques de Vandières, était un grand garçon d'une trentaine d'années, de belle tournure, à la voix chaude et sonore, aux yeux lumineux, aux cheveux d'un noir bleu et à la barbe noire, frisée comme celle d'un dieu assyrien. Très poète et possesseur d'une fortune indépendante, il avait la chance de pouvoir s'absorber dans le culte de son art sans être troublé par le souci du pain quotidien ; aussi connaissait-on de lui une série, malheureusement trop peu nombreuse, d'impeccables sonnets, aux belles rimes rares, exquises resplendissantes comme des pierres précieuses enchâssées dans de l'or.

L'autre, qui répondait au nom de Francis Le Chantre, et qui, en ce moment assis devant un chevalet, retouchait finement une étude de dessous de bois avec un coin d'étang, faite la veille aux environs de Paris, était petit, maigre, alerte, avec un profil d'oiseau, l'œil émerillonné et la bouche gourmande, sous une moustache coupée

en brosse. Il pouvait avoir quarante ans, paraissait plus jeune que son âge et joignait à une
physionomie très mobile cette gesticulation ex-
pressive, toute spéciale aux artistes et surtout
aux peintres. Léger comme un oiseau, Francis
Le Chantre traversait les chemins de la vie en
les effleurant du bout de l'aile, et ne s'y posait
que lorsqu'il trouvait une place ensoleillée à son
gré. Pour lui, il n'y avait de sérieux au monde
que ce qui touchait à son art. Le reste, philosophie, politique, morale, était classé dans la ca-
tégorie des choses prosaïques et ennuyeuses.
Trouver un ton juste, faire chanter une gamme
de couleurs, rendre avec précision un jeu de
lumière, c'était son unique préoccupation. Il
produisait peu, travaillant mystérieusement et
minutieusement ; de temps en temps il arrivait
avec un petit paysage très poussé, plein de dé-
tails très délicats et très vrais. Il le vendait fort
cher et vivait là-dessus pendant des mois, satis-
faisant voluptueusement une enfantine sensualité
de poète, plus éprise de la sonorité des mots que
de la réalité des choses. Son enthousiasme mon-

tait comme une mousse de champagne, à propos d'une fleur nouvelle, d'un beau vers, d'un joli profil de femme ; et, de même, cette exaltation tombait à plat pour un rien : un ton boueux, une fausse note, une pluie intempestive.

— Hein ! reprit Jacques de Vandières en allumant une cigarette, un Clouet inédit, quand nous n'en avons que deux authentiques au Louvre, qu'est-ce que tu dis de ça ?...

— Je dis que tout est possible.., seulement l'entrefilet de ton journal ressemble à une charade dont on ne donne pas le mot... Il y a peut-être cinquante manoirs perdus dans la lande entre Douarnenez et la pointe du Raz ; allez donc chercher là-dedans ce Clouet problématique !

— Oui, mais nous avons un point de repère précieux : le manoir en question est celui où on a donné l'hospitalité aux girondins, et, dans le pays, tout le monde nous l'indiquera... Ce serait curieux si nous découvrions un troisième Clouet, et surtout le fameux portrait de Marguerite de Valois, peint à une époque où elle était dans la prime fleur de sa jeunesse, dans le plein de son amour pour Henri de Guise. — Allons, Francis, tentons l'aventure... Nous nous demandions ce matin où nous pourrions bien passer notre automne. Partons pour la conquête du Clouet... Allons à Douarnenez !

— Au fait, la Cornouaille, les champs de blé noir, les filles aux yeux pers et aux coiffes blanches, les manoirs enfouis dans les bois de hêtres, ça me va... J'en rapporterai des motifs savoureux... Va pour Douarnenez !

Ils étaient tous deux les hommes des résolutions promptes et des voyages improvisés. L'après-midi fut employée à préparer les valises, les sacs de touristes et tout l'attirail de peinture nécessaire à Le Chantre. Le soir même ils prenaient le train de Bretagne, et le lendemain, vers midi, ils débarquaient à Quimper. Ils ne s'attardèrent dans la ville de saint Corentin que juste le temps nécessaire pour déjeuner, visiter la cathédrale, les vieilles façades de la rue Keréon et la futaie de hêtres qui descend en pente vers l'Odet ; puis ils louèrent une voiture qui les cahota doucement, au trot de deux bidets bre-

tons, pendant quatre bonnes heures, de sorte
qu'ils n'arrivèrent à Douarnenez qu'à la tombée
du jour.

*
*   *

Quand Jacques de Vandières et Francis Le
Chantre pénétrèrent dans la longue salle à manger de l'hôtel du Commerce, on commençait
seulement à servir et les commensaux arrivaient
lentement, les uns après les autres, prendre
leur place accoutumée à la table en fer à cheval,
autour de laquelle deux Bretonnes en coiffes de
mousseline couraient, les bras chargés de piles
d'assiettes. Autant qu'en purent juger les deux
amis après un premier coup d'œil, les convives,
mâles et femelles, étaient presque tous des artistes. Les hommes alertes, jeunes et barbus,
avaient comme un air de famille : même toilette
sans prétention, mêmes physionomies observa-
trices, gouailleuses et bon enfant, avec ces cli-
gnements d'yeux familiers aux paysagistes. Les
femmes exhibaient des types plus divers et plus

tranchés. Il y avait là des Suédoises aux cheveux couleur de lin, aux gros yeux limpides, aux
faces honnêtes et roses ; — des Anglaises au
menton fuyant, aux incisives saillantes, aux
sourcils rares et aux cheveux roux tordus en
colimaçon ; — des Russes aux yeux félins, à la
taille dégingandée, aux cheveux coupés court,
aux allures décidées et garçonnières...

— Toutes figures exotiques, pas un minois
français ! murmurait Le Chantre en dépliant sa
serviette.

Les nouveaux venus, encore ébaubis de leur
fatigant voyage, étaient allés tout bonnement
s'asseoir sur deux chaises vides, au centre du
fer à cheval, sans se soucier des mines étonnées
de leurs voisins : tout à coup Jacques sentit un
doigt effleurer son épaule, tandis qu'une jolie
voix musicale disait derrière lui :

— Pardon, Monsieur, mais vous avez pris
nos places.

Il se retourna en rougissant et se trouva en
présence d'une jeune fille d'une vingtaine d'années, escortée d'une chambrière un peu plus

âgée, qui portait le costume et la coiffe des filles de Fouesnant.

Après s'être confondu en excuses, il tira Francis par la manche et ils allèrent honteusement s'asseoir au bout du fer à cheval.

— Une gaffe pour commencer, marmonnait Le Chantre, joli début !...

— As-tu remarqué la jeune fille ? demanda Jacques en s'installant à sa nouvelle place.

— Ma foi, non, j'étais trop furieux d'avoir à déménager. Qu'a-t-elle donc de particulier ?

— Eh bien, mon cher, c'est le Clouet demandé... Regarde-la, quand tu le pourras... Elle est charmante, on dirait une tête du xvie siècle, et bien française, celle-là, avec ses frisons de cheveux châtains relevés sur les tempes, ses yeux noisette, son nez mignon, sa bouche aux lèvres railleuses et spirituelles !

Pendant tout le dîner, ils se démanchèrent le cou pour essayer d'apercevoir la jeune fille, mais elle était masquée par les têtes des autres convives ; à la fin du dessert seulement, quand les commensaux commencèrent à s'éparpiller, ils

purent voir l'inconnue qui traversait la salle en
biais.

— Sapristi, tu as raison ! chuchota Le Chantre
émerveillé, ça y est tout à fait : la coiffure, la
coupe de la figure, et jusqu'au corsage bouillonné qui est taillé à la mode du temps des Valois !... Il me semble voir un sonnet de Ronsard
en chair et en os :

> Un col de neige, une gorge de lait,
> Un cœur jà mûr en un sein verdelet,
> En dame humaine une beauté divine...

Et l'oreille ?... As-tu admiré l'oreille... rose et
nacrée comme un coquillage d'amour ?

Ils s'étaient levés de table ; comme ils deman-
daient leur chambre, on leur apprit que l'hôtel
était plein et qu'on était obligé de les loger en
ville. Il leur fallut donc suivre un garçon d'écurie qui portait leur bagage, et se traîner à travers un dédale de ruelles caillouteuses, noires
et imprégnées d'une nauséabonde odeur de ro-
gue, jusqu'à une petite maison blanche et tranquille, située à Plômar, presque à la campagne.

Là, ils trouvèrent enfin deux chambres et deux bons lits, où ils s'endormirent à poings fermés, car ils étaient rompus de fatigue.

Le lendemain, dès le fin matin, Jacques s'éveilla le premier, et à peine habillé, courut ouvrir sa fenêtre. La maison donnait sur le port de pêche d'où montaient des cris d'enfants à travers les blanchâtres transparences de la brume.

Dans le fond, le brouillard commençait à être moins dense, et de longs rais de soleil caressaient de leur lumière rosée la paroi d'un mur de roches où serpentait un sentier escarpé, que des laveuses remontaient avec leurs baquets pleins de linge. — Peu à peu le soleil buvait la brume et découvrait un adorable paysage de mer.

Au-dessous d'un premier plan gazonneux, dans un encadrement de hêtres et de frênes, la baie ruisselante de clarté s'étalait sous les yeux de Jacques. Une délicate nuance azurée en colorait la surface tranquille, tandis qu'au loin une vapeur argentée en masquait encore la profondeur. Des houles de buées opalines rampaient au long des côtes et empêchaient d'en distinguer la base, mais les sommets des collines émergeaient en plein soleil, et à gauche, le double mamelon du Méné-Hom se détachait baigné d'une tendre couleur lilas. Des mouettes blanches planaient dans le ciel d'un bleu de turquoise et des voiles blanches couraient sur la mer, qui s'azurait à chaque instant davantage.

Jacques était ému et ébloui. Ces verdures trempant presque dans la mer, cette ville sortant de la brume, cette immense baie bleuissante, ces montagnes dorées, ce divin mariage des arbres, du ciel et de l'eau, c'était beau comme le plus beau rêve !

Mais il n'était pas au bout de ses émerveillements ; tandis qu'il admirait cette baie si splendidement encadrée, la fenêtre voisine de la sienne s'ouvrit, et la jeune fille aux yeux couleur noisette, le joli *Clouet* de la veille, se pencha à demi sur le rebord de granit. — Ses cheveux crêpelés et dénoués tombaient sur ses épaules et faisaient mieux ressortir encore la blancheur rosée de son teint, la claire flamme de ses yeux et le rouge sourire de ses lèvres spirituelles. Sans se douter de la présence de Jacques qui se dissimulait de son mieux, elle avança encore un peu plus sa tête, puis levant les yeux vers une lucarne située immédiatement au-dessus de sa croisée, elle appela gaiement :

— Mariannic !

— Mademoiselle Renée ?

— Habille-toi, ma fille, tu sais qu'il nous faut partir de bonne heure, si nous voulons arriver à Sainte-Anne pour la messe.

— Vous voulez donc retourner au pardon encore aujourd'hui ?

— Oui, cela m'amuse .. Pourquoi ris-tu si haut, impertinente ?

— Parce que je me souviens, que, chez nous, il y a des pardons où on va en pèlerinage pour demander un mari, et que peut-être bien Sainte-Anne-la-Palud accorde les mêmes grâces...

— Mariannic !

— Je sais bien que Mademoiselle est assez jolie pour que les maris viennent tout seuls la trouver ; n'empêche que ça ne coûte rien de demander...

— Tais-toi et prépare-toi, nous partirons à huit heures.

A ce moment, Jacques jugea à propos de tousser et de se montrer. La jeune fille jeta un rapide coup d'œil vers la fenêtre voisine, reconnut le monsieur de la table d'hôte et se retira précipitamment.

Jacques se hâta d'aller réveiller Le Chantre qui dormait profondément.

— Debout ! lui cria-t-il, comment as-tu le cœur de dormir par un temps pareil ?

— Rien ne presse, répondit l'autre en maugréant, où veux tu aller si matin ?

— A Sainte-Anne-la-Palud où il y a un pardon ; or les pardons amènent un concours de gens de tous les coins du pays, et nous ne pourrons manquer d'y avoir des renseignements sur le fameux manoir des girondins... En route !

*
* *

Une heure après, étendus dans une barque, ils

gagnaient à travers la baie la petite rivière de
Sainte-Anne. La mer était unie comme une glace
et d'un beau bleu soyeux ; le voyage ne fut qu'une
promenade. Après avoir gravi les berges de la
rivière, Jacques et Francis entendirent des sons
de cloche et virent la flèche de Sainte-Anne pointer
dans la plaine. L'église est isolée dans une lande
marécageuse qui domine la baie. De tous côtés
des troupes de pèlerins se dirigeaient vers le lieu
du pèlerinage. Des paroisses entières, conduites
par le recteur, débouchaient des chemins creux
et défilaient processionnellement. Du plus loin
que chaque procession apercevait le clocher de
Sainte-Anne, hommes, femmes et enfants s'age-
nouillaient pieusement et entonnaient des cantiques. Plus on approchait et plus la ferveur
redoublait. Des femmes, les bras en croix, faisaient, cinq ou six fois, sur leurs genoux, le tour
de l'église en balançant leur chapelet. A l'intérieur, des centaines de cierges s'allumaient in-
cessamment autour de la statue de la sainte. —
La nef était pleine, et ceux qui n'avaient pu y
trouver place priaient au dehors, à deux pas des

tentes où l'on vendait du cidre, de l'eau-de-vie
et des crêpes de blé noir. Tous les costumes de
la Cornouaille se mêlaient dans cette foule dé-
vote. A côté des bérets et des cottes tannées
des marins, les vestes des gars de Ploa-Ré, de
Pont-Croix et de Loc-Ronan mettaient des taches
de bleu-clair. Les chapeaux ronds à larges bords
et à rubans de velours s'agitaient au milieu des
coiffes de mousseline des *sardinières* de Douarnenez, des fraises tuyautées de Quimper, des
cols-capuchons de Châteaulin ou des collerettes
plissées des femmes de Concarneau. Çà et là un
homme de Pont-l'Abbé étalait fièrement ses
vestes superposées, où se détachaient des liserés
de laine aux couleurs vives et parfois un Saint-
Ciboire brodé dans le dos. Parmi cette bigarrure
de costumes, les enfants grouillaient : les filles,
habillées comme de petites femmes, les garçons,
couvrant d'un béret bleu leur tête frisée et mon-
trant leur peau hâlée par les trous d'une culotte
en lambeaux. Des mendiants : manchots, aveu-
gles, culs-de-jatte, braillaient des complaintes
bretonnes et se traînaient à travers la foule,

Tout à coup la cloche tinta de nouveau, les portes de l'église s'ouvrirent toutes grandes et une longue procession défila dans la plaine : — ce furent d'abord des femmes aux collerettes empesées, tenant chacune un cierge allumé à la main ; puis deux vieux Bretons aux longs cheveux blancs, en veste bleue et en braies, battant avec conviction une marche religieuse sur leur tambour ; puis la statue dorée de la sainte, portée par des filles en blanc et précédée de bannières. Le clergé venait ensuite, entonnant des litanies, et derrière, sur deux rangs, des files de paysans aux mentons ras, aux figures austères et énergiques. Tous les pèlerins épars dans les sentiers tombaient à genoux, et, aux roulements des tambours, aux tintements des cloches, l'immense procession montait lentement vers le calvaire. Les silhouettes des coiffes blanches et des têtes nues se découpaient vigoureusement sur le fond glauque de la mer, tandis qu'un joyeux soleil faisait scintiller les joyaux de la sainte et empourprait brusquement des coins de bannières...

Francis Le Chantre ne se sentait pas d'aise et amassait des trésors de croquis sur les pages de son album. Jacques, tout en partageant son enthousiasme, allait d'un groupe à l'autre et semblait chercher quelqu'un. Quand la procession eut défilé tout entière, ils s'en revinrent vers les tentes où commençaient à foisonner les buveurs de cidre et ils essayèrent de lier conversation avec les paysans ; mais ils en furent pour leurs frais. La plupart du temps on ne leur répondait qu'en breton, et leurs questions au sujet du manoir qui donna asile aux girondins n'étaient accueillies que par des rires inintelligents ou des haussements d'épaules. Dépités, ils s'acheminaient déjà vers la rivière, quand Le Chantre saisit brusquement son ami par le bras :

— Mon cher, commença-t-il, attention, voici notre Clouet ! — et il lui montrait la jeune fille de la table d'hôte, accompagnée de sa suivante en coiffe blanche et en collerette plissée.

— Je savais qu'elle était au pardon, répliqua Jacques en affectant un air indifférent.

— Comment, tu le savais ?

— Mais oui, si tu t'étais levé aussi matin que moi, tu aurais appris, comme moi, qu'elle habitait la même maison que nous et qu'elle devait aller à Sainte-Anne.

— Ah! mon gaillard, je m'explique maintenant pourquoi tu m'as jeté si rudement hors du lit!... Ça m'est égal, je ne regrette pas d'être venu.

— Et moi donc!

La jeune fille aux yeux noisette et sa compagne semblaient décidées à s'en revenir à Douarnenez à pied, car elles avaient pris un chemin qui longe les falaises et côtoie presque tout le temps la baie. Jacques et son ami résolurent de les suivre. Elles allaient d'un bon pas, en dépit du soleil, et paraissaient toutes deux de bonnes marcheuses, habituées aux longues courses et au grand air. De temps à autre, au tournant du chemin, les deux artistes apercevaient un bout de la coiffe blanche de la servante, ou bien le chapeau de paille et l'envolement de la jupe de toile grise de la maîtresse, mais ils restaient à vingt pas en arrière et n'osaient trop s'avancer de peur de les effaroucher.

— Elle est bien mignonne, disait Le Chantre, et je ne serais pourtant pas fâché de lier conversation avec elle... Je suis sûr qu'elle nous donnerait des renseignements sur le manoir où nous devons dénicher ce Clouet auquel elle ressemble... Ma foi, c'est trop bête, et je me risque !...

Ils avaient pressé le pas et marchaient maintenant presque de niveau avec les deux jeunes filles. Francis Le Chantre se détacha et mettant chapeau bas :

— Pardon, Mademoiselle, dit-il, si je me présente moi-même ; je sais bien que c'est contraire aux règles généralement adoptées et qu'une Anglaise trouverait cela *schoking* ; mais nous sommes en Bretagne et vous êtes Française... Je me permets donc de vous décliner mes noms et profession : Francis Le Chantre, peintre paysagiste, médaille de première classe, un des rares bonshommes qui connaissent encore la physionomie vraie et le ton juste de chaque arbre, et qui savent que le vert du hêtre ne chante pas de la même façon que le vert du chêne... Quant à mon ami, il se nomme Jacques de Vandières et il est poète de son métier... Nous nous en retournons comme vous à Douarnenez et nous demeurons, je crois, dans la même maison; s'il vous était agréable de nous accepter pour cavaliers jusqu'à la ville, nous nous estimerions heureux entre les heureux, et nous n'en admirerions que plus parfaitement le paysage, car on voit mieux la nature quand on chemine en aimable et spirituelle compagnie.

Cela avait été débité avec une telle volubilité que la jeune fille en restait ébahie. Tout en écoutant le discours de Le Chantre, elle avait cependant reconnu Jacques et avait rougi imperceptiblement. Quand le peintre eut terminé sa harangue sur un ton de fanfare, un sourire malicieux courut sur les lèvres de la jolie châtaine aux yeux noisette:

— *No lavaret galek* (1), répondit-elle de sa voix nette et mordante; puis tournant brusquement le dos au paysagiste, elle hâta le pas. La servante en fit autant, et elles disparurent de nouveau au détour du chemin.

(1) Je ne parle point le français.

1*

— Il paraît qu'elle ne sait pas le français, murmura Le Chantre déconfit, en regardant son compagnon d'un air penaud, quel drôle de pays!

— Laisse donc, s'écria Jacques dépité, elle s'est moquée de toi!...Ce matin, je l'ai entendue jaser en bel et bon français... Seulement tu l'as ahurie avec tes phrases à panache. Elle nous a pris pour des fous ou des commis-voyageurs en goguette, et elle nous a traités en conséquence.

— Que ne parlais-tu toi-même, répliqua Le Chantre, vexé, nous aurions vu si tu t'en serais mieux tiré...

— Je n'aurais pas dit de bêtises, au moins!

Ils cheminèrent pendant un bon quart d'heure froidement et silencieusement, mais quand ils arrivèrent à la plage qui forme le fond de la baie et sur laquelle s'ouvre la vallée du Riz, le spectacle qu'ils eurent devant les yeux rasséréna leur humeur et ramena sur leurs lèvres des paroles de bonne camaraderie. — A gauche, les falaises d'un jaune d'ocre, couronnées de gazon, étaient baignées de soleil ; le Méné-Hom avait une auréole de buées lilas, et tout au loin, à

l'entrée de la baie, on apercevait, à peine dis-
tincte, la pointe grise du cap de la Chèvre. — A
droite, des rochers d'un noir humide sortaient de
l'eau lumineuse ; les futaies de Ploa-Ré, les
chênes et les châtaigneraies en gradins enlevaient au-dessus leurs masses d'un vert foncé.
Au delà d'un bouquet de pins en parasol, pen-
chés au sommet d'une pointe rocheuse, il y avait
comme un écroulement de verdures désordon-
nées ; tout au fond, les maisons blanches et
grises du port de Douarnenez semblaient presque
rejoindre l'île Tristan. On distinguait les bateaux
de pêche alignés dans l'avant-port, avec les filets
tendus entre les mâts, comme des toiles d'arai-
gnée. Plus loin, on ne voyait plus qu'une nappe
de mer verte, au-dessous d'un ciel bleu très
doux, qui finissait par se fondre dans les vapeurs
laiteuses de l'horizon.

Ils restèrent en admiration devant ce paysage
aux couleurs si fines et si constamment variées,
et ne rentrèrent qu'après le soleil couché, en suivant le petit sentier en corniche qui côtoie les
falaises dans la direction de Plô-Mar. Le crépus-

cule était venu et ajoutait son mystère aux sur-
prises de ce sentier charmant, plein de fleurs
sauvages et de beaux arbres. Tantôt ils décou-
vraient sous les chênes une fontaine alimentant
un lavoir où des paysannes s'attardaient à tordre
leur linge ; tantôt, des masures dormant éparses
sous une haute futaie de hêtres. Quand ils rega-
gnèrent leur maison de Plô-Mar, la nuit était tout
à fait venue.

— Quelle est donc cette dame qui habite la
chambre voisine de la mienne? demanda en ren-
trant Jacques à la propriétaire.

— Ce n'est point une dame, c'est Mlle de Kerdouarnec...

— Est-elle ici pour longtemps ?

— Elle est partie, Monsieur.

— Partie? répéta Jacques tristement.

— Oui, Monsieur, elle était venue pour le pardon de Sainte-Anne et elle est retournée chez elle.

— Et où est-ce, chez elle ?

— Ah! dame, Monsieur, vous m'en demandez
plus que je n'en sais... C'est quelque part dans
la lande, du côté de Pont-Croix....

*

* *

— Pont-Croix ?... Elle demeure aux environs
de Pont-Croix, près du fameux manoir, répétait
Jacques, le lendemain, et elle est partie, sans
que nous ayons pu lui parler !... C'est ta faute
aussi, Le Chantre... Tu avais bien besoin de l'effaroucher en lui faisant des charges sur la grande
route !

— Si nous allions à Pont-Croix? proposa Le
Chantre.

— Comme des chevaliers errants à la recherche
d'une demoiselle enchantée !... Nous vois-tu frap-
pant de porte en porte pour demander aux gens :
« Mlle de Kerdouarnec, s'il vous plaît ? »

— Non, mais nous pourrions au moins nous
enquérir du manoir où se sont réfugiés les girondins.

— Bah ! les gens d'ici sont ignorants comme
des carpes en fait d'histoire locale... personne
ne nous renseignera...

— Si fait, j'ai consulté là-dessus notre hôtesse et elle m'a répondu : « Allez voir les demoiselles Le Clainche... Elles vendent de tout et elles savent tout... »

Cette conversation avait lieu derrière Ploa-Ré, dans l'allée Sainte-Croix, où Le Chantre commençait une étude, tandis que Jacques lisait, assis sur les marches grises du calvaire. La sinueuse et mélancolique allée de trembles prolongeait ses doubles files d'arbres et ses ornières herbeuses, déjà semées de feuilles blanchâtres, jusqu'à un massif de chênes d'où s'élançait le svelte clocher de granit de Ploa-Ré.

— Eh! bien, soit, s'écria Jacques, allons voir les demoiselles Le Clainche !

Ils plièrent bagage et redescendirent vers la ville. Douarnenez est partagé en deux par une longue rue en pente, mal pavée, bordée d'obscures boutiques et de logis aux façades noircies. Cette voie principale va toujours se rétrécissant jusqu'à l'embouchure de la rivière de Poul-Davit et forme comme l'épine dorsale de la petite ville. Une place ornée d'une fontaine, où stationnent des groupes de marins, de femmes et de paysans, coupe la grande rue par le milieu, et c'est à l'angle de cette place que s'ouvre le magasin des demoiselles Le Clainche.

Ces demoiselles, déjà mûres, mais très alertes encore, vivaient là avec leur vieille mère ; comme l'avait dit l'hôtesse de Plô-Mar, elles vendaient de tout : — du tabac, de l'épicerie, des étoffes, des engins de pêche. Leur boutique sombre présentait un entassement bizarre de marchandises de toute nature, empilées sur les comptoirs, entassées sur des rayons, débordant jusque sur le seuil de la porte. Il y régnait un mélange d'odeurs d'épices, de goudron et de tabac qui vous prenait à la gorge. Au milieu de ce pêle-mêle de denrées coloniales et de coupons d'étoffes, les deux filles s'agitaient, servaient les clients, discutaient les prix et trouvaient encore le moyen de tailler un bout de causette avec les oisifs qui venaient flâner autour du comptoir, où trônait la vieille mère entre deux bocaux de pipes.

Tout en renouvelant leur provision de cigares, les deux artistes avaient accaparé l'attention de Mlle Honorée, la plus intelligente et la plus expansive des deux sœurs, et l'avaient consultée sur les excursions à faire aux environs.

Elle leur conseilla de visiter Loc-Ronan, Tréboul, la lande Saint-Jean, la pointe du Raz...

— On nous avait parlé, hasarda sournoisement Le Chantre, d'un vieux manoir où, en 1793, deux députés girondins se sont réfugiés... Savez-vous où c'est, Mademoiselle ?

— Non, mais ma mère, qui a connu des gens de ce temps-là, pourra peut-être vous renseigner... Maman, est-ce qu'il n'y a pas, près de Pont-Croix, un manoir où ont demeuré des députés de la Convention, en 93 ?

— Attendez donc, répondit la vieille en se frottant les sourcils, j'ai entendu autrefois parler de quelque chose comme ça... Ça a dû se passer à Kervenargan...

— Et où se trouve Kervenargan ? demanda Jacques.

— Dans la lande, au delà de Tréboul, entre Poullan et Saint-Beuzec.

— C'est le manoir de Mlle de Kerdouarnec, ajouta Mlle Honorée.

— Mlle de Kerdouarnec!... Vous la connaissez? s'écria Jacques avec un battement de cœur.

— Oui, nous sommes un peu cousines... et
si vous désirez visiter Kervenargan, je puis vous
donner un mot de recommandation; venant de
notre part, vous serez bien reçus par Renée et
par l'oncle et la tante avec lesquels elle habite.

Inutile d'ajouter que Le Chantre et de Vandières acceptèrent avec empressement et que le
lendemain matin, munis de la lettre de recommandation des demoiselles Le Clainche, ils montaient gaiement dans le bac de Tréboul?

*
* *

Chargé de paysannes et de *sardinières*, le bac
traversait lentement la rivière de Poul-Davit. Les
deux amis sautèrent sur les degrés ruinés d'un
escalier de granit qui mène à la chênaie de Tréboul, et, contournant le petit port de ce village,
ils longèrent la falaise jusqu'au hameau Saint-
Jean. A partir de cette paroisse, le paysage
changeait de caractère. Une solitude silencieuse

et grave s'étendait devant eux, harmonisant ses lignes et ses teintes austères avec la majesté de l'Océan.

C'était la lande; montueuse, coupée de brusques ravins et d'abrupts escarpements, elle déroulait pendant des lieues ses ondulations d'un vert violacé, semées de blocs de granit et bordées à droite par des entassements de rochers que lavaient les flots de la baie. Partout le sol était couvert d'une épaisse végétation de bruyères, d'ajoncs, de fougères, où des ronces et des chèvrefeuilles mêlaient leurs floraisons roses et jaune pâle. Dans les ravins, des sources invisibles murmuraient sous les broussailles et continuaient leur discrète chanson jusqu'à la mer. Parfois la source devenait ruisseau, son eau claire s'épanchait dans des réservoirs bordés de pierres plates, avec un bout de prairie et une ceinture d'iris à l'entour. Pas un village; seulement, de loin en loin, un toit de métairie, caché dans un massif d'arbres roussis et rasés par le vent du large. Le chemin parfois disparaissait, ou plutôt des centaines de sentiers lui succédaient; étroits sentiers capricieux, ne menant nulle part, frayés au hasard par les petits pâtres qui poussaient leurs vaches dans la bruyère. Çà et là, un bouquet de pins aux cimes aplaties faisait ressortir mieux encore la nudité de cette solitude aux lignes simples et grandioses.

Jacques et Francis commençaient à se demander s'ils ne s'étaient pas trop aventurés dans ce désert, et s'ils suivaient le bon chemin. Ils interrogèrent successivement un petit pâtre qui décampa dès qu'ils ouvrirent la bouche, et une vieille femme occupée à arracher des ajoncs.

— Kervenargan? lui cria Le Chantre.

Elle le regarda d'un air ahuri, puis d'une voix gutturale répéta la phrase sacramentelle :

— *No lavaret galek.*

— Au diable ! maugréa Francis, il faudra décidément que j'achète une grammaire bretonne.

Un peu plus loin ils rencontrèrent un paysan au chapeau à larges bords et à la veste bleue, qui se profilait sur le ciel, au sommet d'une crête. Même question. L'homme ne desserra pas les lèvres ; il se contenta de tendre le bra. avec

une gravité majestueuse et de désigner un point
de l'horizon.

Ils se remirent à marcher dans la direction
indiquée, et après cent détours à travers les
ajoncs, ils atteignirent un men-hir qui dressait
au sommet d'un plateau sa tranche de granit,
haute de cinq mètres, taillée en amande et couverte d'un lichen jaune. N'en pouvant plus, ils
s'assirent au pied du monument celtique, et
soufflèrent un moment, en ouvrant de grands
yeux pour mieux jouir du spectacle offert. —
Une douce paix lumineuse tombait sur la lande,
et l'on pouvait admirer à loisir les délicates
colorations de la terre et de l'eau : — le bleu
sombre et velouté de la montagne de Loc-Ronan,
le lilas rosé du Méné-Hom, les nuances vert-
argenté et gris-bleuté de la mer. La baie était
tantôt enveloppée d'une brume blanche, tantôt
ensoleillée, et, quand le brouillard s'enlevait un
moment, on apercevait entre deux buées les
voiles des barques, les unes d'un blanc éclatant,
les autres d'un rouge orange, glissant sur l'eau
moirée.

Après une heure de repos, les deux compagnons se remirent en marche. Ils commençaient à se sentir affamés et le désir d'un dîner encore problématique leur donnait des forces.

— Songe, disait Le Chantre à Jacques qui tirait la jambe, songe que là-bas, dans un coin de cette sauvagerie, une omelette au lard et peut-être aussi un Clouet nous attendent !

Néanmoins ils commençaient à désespérer, quand tout à coup, au beau milieu de la lande, voilà un pli de terrain qui dévale en pente, puis au bas de cette pente, une quadruple avenue de vieux hêtres qui enfonce au loin sa vaste obscurité. — Ils s'engagèrent dans cette majestueuse allée et, au bout d'un quart d'heure, débouchèrent devant la façade grise d'un haut mur encadré dans deux tourelles aux toits en éteignoirs. Le mur, tapissé de fougères et de pariétaires, était percé de deux portes à ogives tréflées : l'une cintrée et spacieuse pour les voitures ; l'autre étroite et basse pour les piétons. Une frêle colonnette de pierre, feuillagée et fleurie, séparait ces ouvertures et se terminait elle-même par un trèfle flamboyant. — Un gamin gardait des oies sous les hêtres.

— Où sommes-nous ici ? demanda Jacques en u mettant une pièce de monnaie dans la main.

— A Kervenargan, répondit le pâtre auquel la vue de l'argent délia soudain la langue.

— Dieu soit loué ! murmura Le Chantre ; pourvu maintenant qu'on ne nous jette pas honteusement à la porte !

Ils sonnèrent timidement, et ce fut la jeune fille aux yeux couleur noisette qui vint elle-même leur ouvrir. Elle était vêtue de sa même robe grise au corsage bouillonné, et coiffée du même large chapeau de paille. A l'aspect des deux amis, elle commença par rougir, puis un sourire courut sur ses lèvres malicieuses.

— Que demandez-vous, Messieurs ? dit-elle de sa jolie voix argentine.

— Mademoiselle de Kerdouarnec.

— C'est moi.

— Nous sommes chargés, Mademoiselle, reprit Jacques de Vandières, de vous remettre cette lettre de la part de Mlle Le Clainche.

Elle prit le billet, le parcourut rapidement et sa physionomie s'éclaira.

— Entrez, Messieurs, vous êtes les bienvenus...

— Mademoiselle, s'écria Le Chantre, touché de cet accueil hospitalier, vous me voyez confus... J'espère que vous me pardonnerez mes sottises de l'autre jour... Mais vous parlez donc quelquefois français ?

— Oui, Monsieur, toujours avec mes amis, et avec ceux que mes amis me recommandent...

*
* *

Quel gai et cordial dîner firent Jacques et Francis entre Renée de Kerdouarnec et l'oncle et la tante, deux bons vieux aux figures patriarcales ! La salle à manger, blanchie à la chaux, décorée de ces antiques buffets à clous de cuivre jaune qu'on fabrique à Pont-Croix, ouvrait sur une cour tapissée de vigne ; entre les pampres, les rayons du soleil couchant jetaient une lumière rose sur la nappe blanche où Mariannic apportait des côtelettes d'agneau, une volaille

rôtie, du beurre battu le matin même et des
crêpes bouillantes. Et Renée causait gaiement,
et les deux vieux, heureux de la gaieté de leur
petite-nièce, contaient lentement de pacifiques
histoires du temps passé. Au dessert, le grand-
oncle Kerdouarnec annonça aux artistes qu'ils
étaient ses hôtes et qu'ils coucheraient au
manoir. Après le dîner on alla se promener au
jardin. Ce jardin n'était guère qu'un fouillis sauvage, mais quel charmant fouillis ! — Dessiné à
l'ancienne mode, avec des allées droites qui le
partageaient en quatre carrés bordés de buis,
un cadran solaire au centre et une charmille
centenaire au fond, il était plein de plantes
de toutes provenances poussant à la bonne
aventure : sarriette et jasmins, pied d'a-
louettes et lis de Jersey, fenouils et camélias,
poiriers chargés de lichen et vignes échevelées.
Toutes ces plantes exhalaient un bon parfum
d'automne, et les odeurs attiédies des roses et
des citronnelles mettaient au cœur du poète
Jacques un délicat germe d'amour qui verdissait
et s'épanouissait à mesure qu'il regardait les

yeux bruns et les lèvres souriantes de Renée de
Kerdouarnec.

Quant à Francis Le Chantre, il ne se sentait
pas d'aise, et pour mieux marquer son allégresse,
il tirait un feu d'artifice de métaphores et d'in-
génieuses comparaisons. En même temps la
langue lui démangeait de parler du fabuleux
Clouet. A la fin, il n'y put tenir, et, profitant de
ce que la jeune fille causait peinture avec Jacques,
il lui demanda :

— Ne possédez-vous pas quelques anciens
tableaux au manoir?

— Un seul, répondit-elle, un vieux portrait
qui est dans la famille depuis plus de cent ans.

— Un Clouet ! s'écria Francis, qui exul-
tait.

— Je ne sais pas ce que c'est... Il représente
une jeune femme, et il est si finement peint que
je l'ai pendu dans ma chambre... Je vous le
montrerai demain.

Quand ils eurent gagné le dortoir qu'on leur
avait préparé dans une des tourelles, Jacques et
Francis faillirent tomber dans les bras l'un de

l'autre, et leur enthousiasme partit comme un bouchon de champagne.

— C'est un rêve, s'exclamait Francis, nous plétinons en plein roman !

— Elle est charmante ! répliquait Jacques.

— Charmante, d'accord... mais le Clouet, mon cher, voilà qui est merveilleux !

— Le Clouet, d'abord en est-ce un ?... Et puis t'imagines-tu que ces braves gens vont te le vendre ?

— Laisse-moi faire... J'ai mon idée.

— Du reste, ça m'est égal.. Je donnerais tous les Clouets pour un baiser sur les doigts mignons de Mlle de Kerdouarnec...

Ils dormirent mal et chacun d'eux rêva aux choses qui lui tenaient le plus au cœur : Francis au portrait de Marguerite de Valois, et Jacques aux yeux couleur noisette.

Le lendemain matin, quand ils descendirent dans la salle à manger, ils y furent rejoints par Mlle de Kerdouarnec portant le mystérieux tableau.

Il était peint sur panneau et avait la dimension du portrait d'Elisabeth d'Autriche, qui est au Louvre. Si l'on ne pouvait affirmer sûrement qu'il avait été exécuté par François Clouet, il était du moins du même temps et de la même école. Il représentait une toute jeune femme, en buste et vue de trois quarts, ayant un haut corsage bouillonné, coiffée de légers frisons blonds relevés sur les tempes, avec des pierres précieuses semées dans les cheveux. Je ne sais si c'était réellement la portraiture de Marguerite de Valois, mais elle ressemblait d'une façon surprenante à Mlle de Kerdouarnec : même ovale délicat, même teint et mêmes yeux brun clair, même sourire enfin plein d'enjouement et de malice.

— Savez-vous qu'on croirait voir votre sœur aînée ! murmura Jacques.

— On me l'a dit déjà, avoua ingénument Mlle de Kerdouarnec, et à force de vivre en face de cette peinture, je me suis si bien identifiée avec elle, que j'ai emprunté à la dame du portrait sa coiffure et la forme de son corsage... Je crois que c'est cela surtout qui aide à la ressemblance.

Pendant toute la journée, Francis ne parla plus que du Clouet, et Jacques ne pensa plus qu'à Renée de Kerdouarnec. Ils ne la quittaient guère, du reste, ni l'un ni l'autre ; seulement Francis, qui avait tout son sang-froid, se montrait plus empressé et plus communicatif, dévidant avec entrain toute une bobine de compliments lyriques, tandis que Jacques, comme tous les gens qui sont sérieusement épris, demeurait mélancolique et peu expansif. Renée, toujours souriante mais plus songeuse que de coutume, les examinait tous deux alternativement, — étonnée et même un peu dépitée peut-être de trouver l'un si bavard, et l'autre si renfermé.

*
* *

Au bout de trois jours, malgré le charme qui les retenait à Kervenargan, les deux amis comprirent qu'ils ne pouvaient abuser de l'hospitalité de Mⁱˡᵉ de Kerdouarnec, et un matin ils annoncèrent qu'ils comptaient prendre congé de leurs hôtes dans la soirée. Au milieu de

l'après-midi, Francis profita sournoisement de
ce que Jacques causait avec les vieux parents,
pour se glisser dans le jardin, où il avait aperçu
Renée occupée à cueillir des roses.

Il s'approcha d'elle de l'air à la fois inquiet et
décidé de quelqu'un qui vient de prendre une
grande résolution :

— Mademoiselle, lui dit-il, avant de partir, je
viens au nom de mon ami et au mien vous adresser une requête qui vous paraîtra peut-être
indiscrète...

La jeune fille tressaillit ; il remarqua qu'elle
avait les yeux moins limpides que de coutume,
et que son malicieux sourire s'était envolé.

— Voici, continua-t-il en prenant son courage
à deux mains... Voudriez-vous nous vendre le
portrait que vous nous avez montré ?

— Mais, répondit-elle, surprise, ce tableau
appartient à mon grand-oncle et c'est à lui que
vous devez adresser votre requête.

— Oh ! répondit Francis, j'ai cru remarquer
que vos grands-parents ont pris l'habitude de
faire tout ce que vous voulez, et si vous consen-

tez à nous céder le portrait, ils ratifieront cer-
tainement le marché...

— En ce cas, Monsieur, répliqua-t-elle piquée,
puisque vous êtes si perspicace, vous avez dû voir
aussi que je tenais beaucoup à ce portrait... Je
serais désolée de m'en séparer...

— Les choses pourraient s'arranger, insista-t-il
avec un air fin ; peut-être y aurait-il un moyen
de le céder à l'un de nous sans toutefois vous
en séparer !

— Qu'entendez-vous par là ? murmura-t-elle
en rougissant.

— J'ai une seconde proposition à vous adresser... Je connais un garçon qui a une jolie posi-
tion de par le monde, qui gagne bon an mal an
une vingtaine de mille francs et qui vous aime
passionnément... Vous déplairait-il de l'épouser ?

— Quoi, balbutia-t-elle étourdiment au milieu
d'un éblouissement, M. de Vandières vous a
chargé ?...

— Jacques, interrompit-il stupéfait... Il n'eut
pas le temps d'en dire plus long ; elle s'était

enfuie, toute troublée et avec un pouce de rouge sur la figure.

Il resta penaud. — C'était à Jacques qu'elle pensait ! soupira-t-il, décontenancé — puis la réflexion venant, il ajouta en son par-dedans :

— J'allais faire un pas de clerc assez coquet, moi, en essayant de couper l'herbe sous le pied de ce pauvre Vandières... Morbleu ! soyons bon camarade, et allons prévenir Jacques que c'est pour lui que le four chauffe...

Mais quand il rentra dans la salle à manger, il n'y trouva plus Jacques de Vandières.

Le poète avait vu Mlle de Kerdouarnec sortir du manoir et se diriger vers le chemin de la lande, et il l'avait suivie afin de prendre congé d'elle. Il la rejoignit à la lisière d'un petit bois de chênes verts, d'où l'on apercevait la mer poussant ses vagues blanchissantes jusqu'aux anfractuosités des rochers couverts de vieux arbres échevelés.

— Mademoiselle, commença-t-il d'une voix un peu étranglée.. nous allons être obligés de vous quitter, car il se fait tard ; mais avant de partir, permettez-moi de vous remercier de votre hospitalité si affectueuse et si cordiale .. Laissez-moi vous dire que j'emporte de Kervenargan un souvenir qui ne s'effacera plus...

Elle restait silencieuse et marchait à côté de lui, les yeux baissés et tordant nerveusement des brins de genêt. Elle semblait croire que Jacques avait encore quelque chose à lui dire et elle avait l'air d'attendre qu'il achevât. Mais il était redevenu taciturne, et ils poursuivaient leur chemin côte-à-côte dans la lande solitaire.

— Monsieur, reprit-elle enfin sans lever les yeux, votre ami m'a confié que vous désiriez vivement avoir le portrait qui est chez moi... Prenez-le, j'ai le plus grand plaisir à vous l'offrir...

— Ah ! s'exclama-t-il, violemment ému, ce n'est pas le portrait que je voudrais garder, c'est celle qui lui ressemble !... Pardonnez-moi, continua-t-il confus, je ne comptais pas... je n'osais pas vous en parler ; mais c'est plus fort que moi... je vous aime !

— Je... le savais, murmura-t-elle en tordant

plus fort les brindilles de genêt dans ses doigts.

— Vous le saviez !... Vous l'aviez deviné ?...

— Votre ami me l'avait dit, répliqua-t-elle ingénument.

— Et vous consentez à devenir ma femme ? s'écria-t-il en lui baisant les mains.

— Oui... Mais pourquoi ne me l'avez-vous pas demandé vous-même ?

Ils avaient repris lentement le chemin de la chênaie, déjà embrumée par le crépuscule, et où les glands mûrs tombaient de temps en temps avec un bruit léger. La tranquillité du soir descendait sur la lande, et l'air était si calme qu'on entendait au loin la sourde respiration de la mer. Ils étaient si absorbés dans leur bonheur, qu'ils ne virent pas Le Chantre qui accourait vers eux à grandes enjambées.

— Eh bien ! cria-t-il essoufflé à Jacques, tu t'oublies, et voici la brune ; nous ne serons rentrés à Douarnenez qu'à la nuit close !

— Je ne pars plus, répondit de Vandières, et prenant la main de Renée, il ajouta : — Je te présente ma fiancée. — En même temps, il serrait le bras de Francis et lui murmurait à l'oreille : — Merci, mon brave!

— Merci !... De quoi? murmurait l'autre, ahuri ; puis il soupira mélancoliquement : — Ainsi, tu m'abandonnes?... Tu me laisses retourner seul à Douarnenez?

— D'abord, vous ne partirez que demain, Monsieur Le Chantre, dit Renée de Kerdouarnec, et puis, poursuivit-elle, non sans une pointe de malice, consolez-vous, nous vous donnerons le portrait comme cadeau de noce.

CLAUDINE

———

C'était l'an dernier, en Savoie, où je voyageais en compagnie de mon ami Jacobus. Sac au dos, guêtrés jusqu'aux genoux, nous errions depuis la pleine aube à travers les sentiers du Roc de Chère, à la recherche du rosage ferrugineux (*rhododendron ferrugineum*). Les botanistes du cru nous avaient dit que cette belle plante aux feuilles laurées, aux fleurs rouges, qui ne s'épanouit d'ordinaire qu'à deux mille mètres, dans le voisinage des glaciers, se rencontrait par exception sur le Roc, dont l'altitude est seulement de cinq cents mètres.

Ce mont de Chère, avec ses châtaigneraies, ses bruyères, ses prés enclavés dans les bois et ses rocs cyclopéens élevant au-dessus des bruyères leur rondeur blanche, a tout l'air d'une solitude enchantée. Le labyrinthe de Crète n'était rien auprès de l'inextricable lacis des sentiers qui s'y enchevêtrent. On a beau y revenir; chaque fois on y trouve de nouveaux chemins et chaque fois on s'y égare. — Vers trois heures de l'après-midi, nous n'avions pas encore découvert le fameux rosage ferrugineux, mais nous étions bel et bien perdus. Le soleil dardait d'aplomb sur les bruyères. Nous suivions les méandres d'un traître sentier qui longeait la roche et qui, après de capricieux circuits, venait de nous ramener au point de départ. Jacobus fondait en eau et se plaignait d'une soif intense. De temps en temps il s'épongeait, faisait claquer sa langue contre son palais desséché et maugréait contre les savants et les naturalistes, qu'il traitait de fallacieux blagueurs. — Jacobus est spiritualiste, et chez lui, quand la *bête* est fatiguée, l'âme se dédommage en daubant sur les tendances positivistes du siècle.

— Voilà bien les botanistes! maugréait-il. L'un d'eux a entendu dire par quelque vieille

femme qu'il poussait des rhododendrons sur le
Roc de Chère et, sans vérifier le fait, il a consi-
gné la chose dans son bouquin. Après lui d'autres
botanistes se sont empressés de répéter la même
bourde. Pas un d'eux n'a vu cette plante chimé-
rique ; voilà pourtant ce qu'on appelle une science
basée sur l'observation des faits !... Quelle
pitié !... Et ce sont ces gens-là qui traitent la
métaphysique d'hypothèse négligeable !...

Là-dessus, nous avions entamé une discussion
très chaude, au bout de laquelle nous nous
étions aperçus que nous mourions de soif et
que nous tournions plus que jamais dans le
même cercle vicieux et dans le même perfide
sentier.

*
* *

Après une heure de marches et de contre-
marches en plein soleil, nous arrivâmes enfin à
un mur rocheux, du haut duquel on entrevoyait
les toits bruns d'un village entre les ramures
d'un massif de noyers. Sans rien dire, — car la

discussion s'était arrêtée depuis longtemps et nous
cheminions la bouche close et le dos arrondi, —
nous piquâmes droit vers les maisons et nous
débouchâmes dans l'unique rue du village, —
fourbus, transformés en fontaines et la bouche
sèche comme amadou.

Le village, ou plutôt le hameau, semblait désert
et endormi. Tous les gens étaient aux champs
et on ne voyait point d'auberge. Nous étions arrivés à la marge d'un pré en talus, planté de
noyers; à la crête de ce pré, une maison, bâtie
au xviii° siècle et d'apparence confortable, dressait sa façade enguirlandée de vigne et sa toiture en auvent, abritant une galerie extérieure à
piliers et à balcons de bois fuselé.

— Le logis a bonne mine, murmura Jacobus.
Si nous heurtions à la porte?

Et nous nous mîmes à heurter, discrètement
d'abord, puis avec plus d'énergie. Au bout de
quelques minutes, sous la galerie du premier
étage, un volet s'entr'ouvrit et, dans l'encadrement vert de la vigne grimpante, une tête de jeune
femme — une aimable tête brune aux yeux bleus

— se pencha à la fenêtre; puis une voix nette
et d'un joli timbre s'informa de ce que nous dési-
rions.

— Nous désirons, répondit Jacobus en soulevant son chapeau, savoir où nous sommes et où
nous pourrions trouver une auberge.

— Vous êtes à Echarvines, répondit la voix
jeune et limpide, et pour ce qui est d'une auberge,
il n'y en a point dans le pays.

Cette réponse jeta mon ami Jacobus dans un tel
désarroi, et il fit une grimace si consternée, que
la jeune femme ne put s'empêcher d'éclater de
rire.

— Il n'y a pas d'auberge à la vérité, reprit-elle,
mais vous et votre ami, vous paraissez si vannés
de fatigue, qu'il y aurait conscience de vous
laisser sur la route... Entrez donc chez nous;
vous vous y reposerez à votre contentement.

En même temps elle était descendue; elle avait
ouvert une porte du rez-de-chaussée qui donnait
accès dans un vestibule communiquant à la
fois avec le jardin et avec une salle basse dont
les fenêtres étaient voilées d'un rideau de jas-

mins en fleurs. De la main, elle nous fit signe
d'entrer et nous nous trouvâmes en face d'une
d'une belle personne à la taille souple et bien
prise, à la figure ronde et fraîche éclairée par un
front intelligent, de grands yeux d'un bleu pur
et des dents très blanches. Sa toilette était demi-
rustique, demi-bourgeoise. Elle portait, comme
les paysannes, la jupe d'indienne et le casaquin
de toile bleue serré à la taille; mais elle était
chaussée plus coquettement qu'on ne l'est à la
campagne et les boucles d'acier de ses souliers à
talons tranchaient sur des bas de soie gris; de
plus elle avait au cou un ruban très frais, et des
turquoises aux oreilles.

— Entrez, messieurs, dit-elle avec un sourire
avenant, et soyez les bienvenus chez Claudine
Lachenal.

*
* *

Elle nous avait conduits dans une grande salle
fort sombre, aux volets clos, où on sentait un
exquis parfum de citronnelle et où on était saisi

par une fraîcheur délicieuse. Tandis qu'elle nous faisait asseoir et que je me confondais en remerciements, Jacobus, qui, bien que spiritualiste, craint fort pour l'enveloppe de son âme immortelle, avait noué son mouchoir autour de son cou et se promenait d'un air agité.

— Brr !... fit-il, Madame... ou Mademoiselle ?...

— Mademoiselle, répliqua-t-elle vivement.

— Eh bien, Mademoiselle Claudine, il fait froid comme dans une cave dans votre salle basse ; je suis un peu en moiteur, et vous mettriez le comble à vos bontés en me prêtant un châle.

Elle le regarda, légèrement interloquée, et sourit :

— Comment donc, répondit-elle ; deux même, si vous voulez !

Elle monta lestement au premier étage et en redescendit portant un châle tartan et un cache-nez de grosse laine. Puis elle entortilla elle-même Jacobus dans le tartan et lui noua le cache-nez autour du cou. Ainsi affublé, mon ami, avec son chapeau de paille, ses guêtres et sa barbe grisonnante, avait la plus drôle de mine qu'on pût rêver. Il se laissait empaqueter et restait grave comme un âne qu'on étrille.

— Vous sentez-vous mieux? demanda-t-elle, un peu railleuse... Maintenant je vais vous offrir un verre de vin blanc.

— Merci, repartit Jacobus qui avait toutes les manies d'un vieux garçon ; je préférerais quelque chose de chaud. C'est plus sain.

Elle condescendait gaiement à tous ses caprices et elle lui prépara un bol de lait chaud.

Tandis que Jacobus soignait « l'enveloppe de son âme », je faisais causer Mⁱˡᵉ Claudine. — Elle ne manquait pas d'esprit naturel et contait gentiment son histoire. — Elle avait vécu quelques temps à Paris ; puis un sien grand-oncle, dont elle devait hériter, étant quasi tombé en enfance, elle était rentrée au pays pour le soigner et tenir sa maison.

— Je suis redevenue tout à fait une paysanne, ajouta-t-elle ; je surveille nos *grangers* et je tiens compagnie à l'oncle qui ne peut plus quitter sa chaise. J'ai fait tapisser sa chambre d'un papier à images, et je l'amuse en lui contant les histoires des personnages peints sur le papier ; je lui ai déjà raconté toute une muraille... Nous passons ainsi notre temps très gaiement.

Elle était charmante en m'expliquant la façon dont elle s'y prenait pour amuser le vieux. Elle nous quitta pour aller l'endormir et elle disparut légèrement au haut de l'escalier, tandis que Jacobus la suivait d'un regard admiratif, en écarquillant ses petits yeux.

* *
*

Nous nous retrouvâmes à l'heure du souper qu'elle partagea avec nous ; — un bon et substantiel souper arrosé d'un vin gris du pays qui pétillait dans les verres. Claudine rit beaucoup de notre course au roc de Chère, à la recherche du *rhododendron ferrugineux*, et elle se montra si simple, si naturelle, si bonne enfant, que mon ami Jacobus, toujours emmitouflé dans son châle, commença à devenir galant. Le vin d'Echarvines lui avait monté à la tête et il hasardait, à l'adresse de Mlle Claudine, des déclarations dans un style imagé emprunté au *Cantique des cantiques*. Comme je les avais laissés un moment en tête à tête pour aller fumer un cigare dans le jardin, j'entendis Jacobus qui parlait avec un redoublement d'exaltation. Claudine lui répondait par de bruyants éclats de rire, puis il y eut un silence et tout à coup un bruit sec qui sonna comme le claquement d'un soufflet appliqué sur une joue... Je rentrai précipitamment, et, à la lueur de la lampe, j'aperçus le mystique Jacobus très penaud et en train de se frotter la figure. Claudine était debout et ses yeux jetaient de fulgurantes étincelles. En me voyant, ses traits se détendirent et de nouveau elle éclata de rire :

— Ne trouvez-vous pas, me dit-elle, que Monsieur votre ami est bien rouge?... Il aura reçu un coup de soleil et je l'engage à aller se reposer.

Elle appela une servante qui venait de rentrer et la chargea de nous montrer notre chambre.

— Bonne nuit, Messieurs, ajouta-t-elle, et bon voyage!...

.*.
* *

Le lendemain, quand nous fûmes réveillés et
équipés, nous ne trouvâmes plus dans la salle
basse que l'une des servantes ; Claudine était
partie dès le fin matin pour surveiller ses fau-
cheurs au pré.

— Mademoiselle vous prie de l'excuser, me
dit la servante, et voici ce qu'elle m'a donné pour
vous...

En même temps elle me tendit un bouquet de
rosages ferrugineux tout frais cueillis.

Nous cheminâmes assez longtemps en silence.
Malgré le bouquet de rhododendrons, Jacobus
paraissait déconcerté et mal en train. Comme
nous tournions le coude que fait la route en descendant vers Talloires, nous vîmes tout d'un
d'un coup, au sommet d'une des pointes du Roc
de Chère, une svelte silhouette féminine se dé-
tacher sur le bleu du lac, et je reconnus Claudine. Notre jolie hôtesse agitait vers nous son

2*

chapeau de paille, et de sa voix mordante elle
nous cria de nouveau :

— Bon voyage !

— Une charmante fille, dis-je à Jacobus, si
gaie, si naturelle, si vivante !...

— Hum ! grommela Jacobus, un peu trop gar-
çonnière... Je goûte médiocrement ce genre de
femmes... Elles ont l'âme trop enfoncée dans la
matière et ne s'attachent qu'aux apparences.

Pauvre naïf Jacobus !... Je crois qu'il avait
son soufflet sur le cœur... Quant à moi qui ne
suis pas un mystique, j'envoyai un dernier salut
reconnaissant à Claudine, dont le tournant de la
route nous déroba bientôt la jeune et robuste
silhouette.

A MA FENÊTRE

J'ai des habitudes campagnardes, et je me lève avant l'*Angelus* de six heures. C'est le bon moment pour travailler, surtout dans la chaude saison. A cette heure matinale, la rue est silencieuse et presque solitaire. De rares ouvriers filent le long du trottoir dans la direction de leur atelier. Le laitier et la laitière commencent seuls à enlever les volets de leur boutique. Aux étages supérieurs, tout est encore endormi; — les martinets qui sifflent en volant comme des flèches au-dessus des toits, et moi, accoudé à l'appui de ma croisée, nous sommes à peu près les seuls êtres occupés à jouir de la fraîcheur de la matinée et à contempler le soleil qui monte dans des nuages roses au-dessus du clocher de l'église voisine.

Avant-hier, cependant, je me suis aperçu que

je n'étais pas l'unique spectateur du premier
réveil de la rue. Dans l'hôtel meublé qui fait
face à ma maison, une fenêtre était toute grande
ouverte à la même hauteur que la mienne, et à
travers les lames de ma jalousie baissée, je
pouvais suivre le va-et-vient affairé de la personne qui occupait la chambre. D'ordinaire, les
habitants de cet hôtel sont peu matineux, et, au
risque d'être indiscret, je me mis à observer cu-
rieusement la voyageuse, — car c'était une
femme qui se trouvait sur pied dès avant la son-
nerie de l'*Angelus*. — Elle pouvait avoir vingt
ou vingt-deux ans. Elle venait de se coiffer et,
sommairement vêtue d'une camisole blanché et
d'une jupe de couleur sombre, elle était occupée
à brosser sa robe, — une simple robe noire qui
ne paraissait plus très fraîche et à laquelle elle
prodiguait des soins maternels. Elle l'effleurait à
peine avec la brosse, puis, à l'aide d'une serviette mouillée, elle enlevait délicatement les
grains de poussière logés dans les coutures et
les fronces. Dans l'encadrement de la fenêtre,
un pied posé sur une chaise, elle se penchait

vers la robe étalée sur son genou, de sorte que
je pouvais, sans être vu, l'observer de face et
de profil. Elle était bien faite ; sans être jolie,
elle avait une physionomie ouverte et intéres-
sante, le teint un peu hâlé, de grands yeux, des
cheveux châtains encadrant un front bombé et
intelligent. Elle avait l'air décidé, mais non ef-
fronté. Cette assurance semblait provenir d'un
exercice précoce de la volonté et de l'initiative ;
elle n'excluait pas une honnête retenue, car,
ayant entendu sans doute du bruit à la porte de
sa chambre, et craignant d'être surprise dans sa
toilette sommaire, la jeune femme tressaillit tout
d'un coup et se rejeta en arrière avec un geste
pudiquement effarouché.

Lorsqu'elle eut terminé son travail de nettoyage, elle quitta la fenêtre un moment, puis
elle reparut vêtue de sa modeste robe noire, la
taille svelte, la poitrine bombée sous l'étoffe
déjà mûre du corsage. Je la vis prendre sur la
table un grand carton de dessin et y enfermer
une équerre et une règle plate toute neuves. Peu
après, vers sept heures, elle sortit de l'hôtel,

— coiffée d'un chapeau de paille noire et portant le carton sous son bras, — et se dirigea vers les quais. — Alors je compris. — La matineuse jeune femme était une institutrice des environs de Paris, venue pour subir les épreuves d'un concours ou d'un examen à l'Hôtel de ville.

*
* *

Et je me rappelai ces attroupements de jeunes filles que j'avais remarqués chaque jour dans la rue des Tuileries, à la porte de ce bâtiment en planches qui sert alternativement à des expositions et à des examens. Je revis toutes ces jeunes têtes anxieuses, toutes ces fillettes de quatorze à vingt ans, aux doigts tachés d'encre, au cerveau bourré de notions scientifiques et littéraires emmagasinées à la hâte. Les unes, celles qui ont quelque fortune, venaient là pour obéir à un caprice de la mode et pour satisfaire un vaniteux point d'honneur; — les autres s'y pressaient pour conquérir un brevet qui leur assurât l'espérance très aléatoire, hélas! d'un gagne-pain honnête. — Mon institutrice de l'hô-

tel meublé devait appartenir à cette seconde ca-
tégorie. — Et je me sentais saisi de compassion
à la pensée de ces pauvres filles enfermées pendant des journées entières dans ce baraquement
en planches, devant une dictée, une composition
sur un sujet historique ou un dessin d'ornement ;
je me disais que c'était pitié, par cette chaleur
sénégalienne, d'obliger ces jeunes organisations
à se torturer le cerveau et à se tendre les nerfs
pour répondre aux insidieuses questions des exa-
minateurs. Je me demandais si pour quelques-unes
le plus clair résultat de cette épreuve fatigante ne
serait pas une fièvre cérébrale ou une maladie ner-
veuse. Je plaignais de tout mon cœur, surtout,
l'institutrice en robe noire que j'avais vue, ce matin,
partir sans même prendre le temps de déjeuner.

*
* *

J'épiai son retour, le même soir, derrière ma
jalousie. Elle rentra vers six heures, avec son
grand carton de dessin. Elle paraissait harassée,
écrasée à la fois par les émotions du jour et
par la chaleur qui était suffocante. A peine ins-

tallée dans sa chambre, sans se douter qu'elle pourrait être vue, elle enleva sa robe noire et y substitua une camisole blanche : les cheveux dénoués, afin d'être plus à l'aise, elle tira de son carton des cahiers et des livres, et, accoudée sur une table, elle se mit, la malheureuse, à préparer l'épreuve du lendemain. Vers sept heures, on lui monta de l'hôtel un maigre dîner qu'elle mangea tout en lisant, puis, quand la nuit arriva, elle resta étendue sans lumière dans le fauteuil roulé près de la fenêtre, essayant de respirer un peu d'air frais, et écoutant dans une attitude lasse les bourdonnements de la rue bruyante. — Vers onze heures, quand je rentrai, je vis qu'elle était couchée, mais elle avait allumé une bougie, et, à cette vacillante lueur, elle relisait encore les matières de l'examen. Enfin elle s'endormit, mais de quel sommeil traversé de cauchemars ! tous ceux qui ont passé des examens peuvent le deviner.....

Le lendemain, quand je me levai à l'*Angelus*, elle était déjà sur pied et coiffée. Elle recommença avec les mêmes précautions le nettoyage de sa robe noire, épingla son chapeau de paille sur sa tête, puis, le carton sous le bras, reprit vers sept heures le chemin de la salle des examens.

*
* *

Elle revint à cinq heures de l'après-midi, mais cette fois avec une figure bouleversée. Elle se débarrassa de son carton, jeta son chapeau, et se laissant tomber dans le fauteuil, les coudes sur la table, les mains dans les cheveux, elle se mit à fondre en larmes. — La cause de son chagrin n'était pas douteuse, hélas! La pauvre fille avait échoué à l'examen écrit. Tant de journées de travail, tant d'efforts, tout ce *surmenage* du cerveau, n'avaient abouti qu'à un échec. Sa douleur librement épanchée était navrante. On y devinait l'écroulement de plus d'un château en Es-pagne, l'anxiété de l'avenir, les humiliations du retour, toute une humble et lamentable tragédie...

Tout à coup elle se leva, essuya ses yeux rouges, plongea sa figure dans l'eau, puis, tandis que des sanglots convulsifs soulevaient encore sa poitrine, elle lia ensemble ses livres, ficela dans son carton l'équerre et la règle plate toute neuves, enferma quelques menus objets de toilette dans un petit sac de cuir et sonna le garçon, sans doute pour demander sa note et commander une voiture, — car, quelques instants après, je la vis fouiller dans son porte-monnaie et compter tristement l'argent qui lui restait.

Au bout d'un quart d'heure, elle se recoiffa, revêtit un très modeste mantelet de laine et, sans même jeter un regard d'adieu sur cette chambre où elle avait passé tant d'heures d'espoir et d'angoisses, elle s'en alla. Une voiture l'attendait à la porte de l'hôtel ; elle y monta avec son mince bagage, et le cocher fouetta sa bête.

J'accompagnai d'un regard ému cette voiture qui emportait la jeune fille vers la gare de l'Ouest, et qui disparut bientôt dans le poudroiement de la rue ensoleillée.

Et depuis, je ne peux plus voir la fenêtre de la chambre de l'hôtel d'en face sans songer avec un serrement de cœur aux sanglots étouffés de la pauvre institutrice en robe noire.

UN FILS DE VEUVE

La maison occupée par la veuve Jacobé formait le coin de deux rues débouchant à angle droit sur le rond-point de la station du chemin de fer. C'était une étroite bâtisse neuve, dressant seule encore, entre des jardins maraîchers, ses quatre murs de pierres de taille et son toit recouvert de tuiles rouges. La veuve Jacobé n'était venue y loger qu'en juillet 1870, lors de la déclaration de guerre, et après que son fils cadet, Aristide Jacobé, était parti pour Verdun avec les mobiles de la Meuse. Elle avait choisi ce logement parce qu'il offrait l'avantage d'être tout près du chemin de fer. Il semblait à la bonne dame que de cette façon, elle serait plus rapprochée de son garçon et que, lorsqu'il revien-

drait, il n'aurait que deux pas à faire pour tomber
dans ses bras. Aristide était son préféré ; son
autre fils, l'aîné, habitait Paris, où il s'était marié contre le gré de sa mère. Depuis ce temps-là,
on s'était battu froid et la veuve avait reporté
toutes ses affections sur le cadet. Aussi , quel
crève-cœur quand le Benjamin était parti , le
visage humide de baisers, le sac bourré de provisions, pour aller rejoindre son bataillon ! La
pauvre dame avait eu d'abord pour se consoler,
des lettres se succédant à des intervalles régu-
liers. Puis, le département ayant été envahi par
l'armée allemande, et la ville occupée par deux
régiments bavarois, les communications avaient
été coupées et les lettres étaient devenues très
rares, apportées de loin en loin par quelques
commissionnaires qui les transportaient en fraude.
La dernière reçue était du 30 août et avait été
écrite dans un village proche de Sedan. Puis,
plus rien ; un absolu silence. Aristide avait-il été
tué ou emmené prisonnier à la suite de la capitulation de Sedan ? Mme Jacobé n'avait pu re-
cueillir aucune information précise. La seule

chose certaine, c'était l'absence de nouvelles
depuis le 30 août; mais aucun acte de décès
n'avait été envoyé, et la veuve ne pouvait ni ne
voulait croire qu'Aristide fût mort. Elle se disait
qu'il était sans doute enfermé en Allemagne,
dans quelque forteresse d'où il lui était impossible d'écrire, mais qu'il reviendrait lorsque cette
horrible guerre serait finie, — et elle l'attendait
toujours.

*
* *

Après les transes des longs mois d'hiver, on
apprit enfin la capitulation de Paris, la signa-
ture des préliminaires de paix, et le cœur de la
veuve se remit à battre, agité par une sourde et
vivace espérance. — Les prisonniers allaient être
rendus. Ils étaient en route. —Quelques-uns des
enfants du pays étaient déjà revenus. On les
voyait débarquer à la gare, hâves, souffreteux,
les vêtements en loques, mais ayant dans leurs
yeux creux une lueur joyeuse à la vue du vignoble natal. Mme Jacobé ne manquait pas une

seule arrivée des trains d'Allemagne, dévisageant les nouveaux débarqués, interrogeant avidement ceux qui étaient de la ville. Mais personne ne pouvait lui donner de nouvelles d'Aristide. On ne l'avait plus revu depuis le jour de la capitulation de Sedan. — Néanmoins, ajoutaient quelques jeunes soldats, tout n'était pas perdu : Aristide était peut-être resté là-bas, au fond d'une casemate prussienne, expiant quelque incartade commise en pays ennemi. — Et Mme Jacobé écrivait de nouveau à l'autorité allemande, s'accrochant anxieusement chaque jour à un nouvel espoir. Tous les soirs, dans la petite salle à manger de la maison neuve, elle préparait un souper froid, dressait la nappe, y installait un couvert et une bouteille de vin vieux; puis elle attendait, tressaillant aux sifflements aigus des locomotives, écoutant avec un douloureux serrement de cœur es giboulées de mars tinter aux vitres...

* *
*

Un soir, par une nuit pluvieuse et très obs-

cure, le dernier train venant de Strasbourg entra
en gare. Il n'allait pas plus loin ce jour-là et
débarqua tout son contingent de voyageurs sur
la plate-forme. Du dernier compartiment des troi-
sièmes descendit péniblement un jeune soldat
portant l'uniforme des mobiles. Il traînait la
jambe, paraissait vanné de fatigue et, à la lueur
vacillante des becs de gaz de la gare, on distinguait sa pâle figure tirée, sa barbe longue et
ses épaules voûtées. Comme il ne pouvait con-
tinuer sa route que le lendemain, il s'enquit
d'une auberge, et on lui en indiqua une non loin
du rond-point de la station. Il sortit le dernier.
Déjà les voyageurs qui se rendaient en ville
s'étaient dispersés dans l'obscurité et il errait
dans les ténèbres en quête de l'auberge. Ses
pieds endoloris pataugeaient dans les flaques
boueuses, se heurtaient à des obstacles inaperçus,
et à chaque soubresaut on entendait son *quart*
de fer-blanc tinter contre le bidon vide pendu à
son sac. A la fin, il distingua dans la nuit une
blafarde maison isolée, à la fenêtre de laquelle
une lampe brillait encore; pensant que c'était

là le gite dont on lui avait parlé, il s'approcha du seuil, tâtonna dans l'ombre, trouva un cordon de sonnette et le tira brusquement.

Brusquement aussi, la fenêtre éclairée s'ouvrit, une tête de femme se pencha au dehors et une voix étranglée par l'émotion s'écria :

— O cher enfant, c'est donc toi enfin !

Puis des pas hâtifs retentirent dans le vestibule, des verrous furent tirés, et le mobile ébaubi se trouva en présence d'une vieille dame à cheveux gris qui, soulevant la lampe, le regarda avec stupeur et murmura sourdement :

— Mon Dieu ! Seigneur, ce n'est pas lui...

* *
*

— Excusez-moi, Madame, répondit le mobile qui comprit la méprise et en fut tout remué, je vois que j'ai fait erreur... On m'avait parlé d'une auberge qui était proche, et je me suis trompé de porte... J'aurais dû voir tout de suite que votre maison n'était pas celle que je cherchais, mais je suis si fatigué que j'en ai comme la berlue.

Mme Jacobé était restée paralysée par le contre-coup de sa déception. Pourtant, à l'aspect de ce jeune soldat éreinté, qui avait le même âge qu'Aristide, elle se sentit touchée de pitié et des larmes roulèrent dans ses yeux.

— Entrez tout de même ! reprit-elle enfin ; il ne sera pas dit que j'aurai laissé dehors un chrétien par un temps pareil... Qui sait si mon pauvre enfant, à cette heure, ne vague pas aussi à la recherche d'un gîte, dans quelque ville inconnue ?...

Elle le fit entrer, lui enleva son sac, lui servit en pleurant le souper froid constamment préparé pour Aristide, et, tout en le servant, elle lui parlait de son fils disparu. Quand il eut fini de manger, elle vit qu'il tombait de sommeil et elle le conduisit dans la propre chambre de son garçon. Puis, le lendemain matin, lorsque le mobile se fut habillé et se prépara à partir, elle lui servit encore un copieux déjeuner et recommença à lui conter l'histoire d'Aristide.

— Le malheureux enfant ! soupirait-elle,
comme il doit souffrir là-bas à l'étranger !.....
D'après ce que vous me dites, c'est une vie de
privations continuelles, et lui qui était si gâté
et choyé à la maison !... Quand il est parti, je lui
avais tricoté de mes mains un passe-montagne
de laine bleue, afin que sa nuque et ses oreilles
fussent garanties du froid, car il souffre cruelle-
ment de névralgies... Pourvu qu'il ait songé à le
mettre pendant ces rudes nuits d'hiver !...

Le soldat ne mangeait plus ; les morceaux
s'arrêtaient dans son gosier. Il se souvenait tout
à coup que, lorsqu'il était parqué avec les camarades dans la prairie de Sedan, où les sentinelles
allemandes les gardaient comme un troupeau, il
avait à côté de lui un jeune mobile répondant au
signalement d'Aristide et coiffé justement d'un
passe-montagne de laine bleue. Au milieu de
leur détresse, les troupiers riaient fort de cet
accoutrement et avaient baptisé le mobile : « le
petit bleu. » Un soir « le petit bleu » avait tenté
de s'évader. Il était à peine à vingt pas de l'en-
ceinte qu'une sentinelle tirait dessus et le cou-

chait raide dans la prairie... Le képi avait roulé
à terre et on voyait la tête pâle du mobile mort,
dans l'encadrement du passe-montagne de laine
bleue...

Le soldat se leva, remercia la veuve, l'embrassa
en lui disant qu'il fallait espérer et qu'il restait
encore plus d'un Français dans les forteresses
allemandes... Pour sûr, Aristide reviendrait!...

Puis il reprit son sac et s'éloigna. Quand il
fut dehors, il se moucha brusquement et frotta
ses yeux humides... Il savait bien que « le petit
bleu » ne reviendrait plus.

———

LE MARCHAND DE CRESSON

J'ai profité ce matin d'un rapide sourire de ce
soleil d'avril qui se montre si rarement cette
année, pour aller de bonne heure visiter mon
ami Jacobus. Je l'ai trouvé déjà installé au coin
du feu, dans son cabinet de travail, dont les
fenêtres haut perchées s'ouvrent au levant, au-
dessus d'une rue populeuse et bruyante. Au long
des murs, de massifs corps de bibliothèque
dressaient leurs rayons encombrés de livres, et,
sur la tablette de la cheminée, une majolique de
Minton pleine de jonquilles et d'anémones faisait
croire à la réalité de la venue du printemps, en
dépit du vent de galerne qui soufflait au dehors.
Jacobus, enveloppé dans sa houppelande grise, le
dos renversé dans son fauteuil et les pieds sur

les chenets, était en train de lire un volume de Ronsard. En me voyant entrer, il releva la tête, et sa figure, où des yeux vifs surmontés d'épais sourcils noirs contrastent avec des cheveux et une barbe poivre et sel, s'éclaira d'un sourire un peu mélancolique.

— Tu me surprends, dit-il, occupé à lire des vers printaniers. Je fais comme ces pauvres diables qui trompent leur faim en feuilletant des livres de cuisine; je me crée un faux semblant de renouveau en récitant l'odelette de Ronsard :

> Quand ce beau printemps je vois,
> J'aperçois
> Rajeunir la terre et l'onde,
> Et me semble que le jour
> Et l'amour
> Comme enfants naissent au monde...

Plus je vieillis et plus je découvre que cette façon de se donner des illusions est encore la méthode de vivre la plus pratique et la plus consolante.

Tandis qu'il continuait à déclamer les strophes fleuries de Ronsard, le feu crépitait doucement dans l'âtre, les jonquilles, sur la cheminée, exhalaient une fine odeur de printemps, et vraiment, grâce à l'enchantement de la poésie du XVIe siècle, on eût pu croire qu'avril était revenu pour tout de bon.

* *

A ce même moment, du fond de la rue bourdonnante, monta jusqu'à nous la traînante mélopée du marchand de cresson : « *Du cresson, du beau cresson, la santé du corps !* »

— Tiens, dit Jacobus en interrompant sa lecture, j'aime aussi cette chanson de la rue. Je l'aime d'abord parce qu'elle est également une créatrice d'illusions. Quand, chaque matin, elle retentit sous mes fenêtres, elle me ramène en pleine nature ; elle suscite des images rajeunissantes de sources vives et de ruisseaux limpides, qui courent sous les aulnes en berçant dans leur lit des touffes de cresson aux sucs fortifiants. Je revois les modestes cours d'eau de mon pays avec leurs berges fleuries de boutons d'or, et j'entends résonner les courtes roulades des fauvettes à tête noire. Mais il y a encore autre chose dans le plaisir que me procure le cri de ce marchand de cresson : — il y a vingt-cinq ans que j'habite ce quartier, et depuis vingt-cinq ans, à de certaines saisons, cette même voix me jette à la même heure sa traînante mélopée, évocatrice de paysages pleins de fraîcheur et de jeunesse. Ce marchand de cresson au gosier encore robuste m'aide à remonter le cours de mes jeunes années. Je me replonge dans le temps passé comme en de vertes cressonnières aux eaux vives, aux parfums amers et toniques. Grâce à ce cri de la rue, je me retrouve, ainsi que le *poète* du prologue de *Faust,* « revenu au temps où je vivais dans l'avenir, où une source de chants longtemps comprimée jaillissait intarissable de mon cœur, où des nuages me voilaient le monde, où les boutons me promettaient encore des maturités, où je moissonnais les moissons opulentes qui fleurissaient dans toutes les vallées. Je ne possédais rien, et pourtant j'avais assez ! »

* *
* *

... Plus le temps marche, continua Jacobus en allumant sa pipe, plus cette chanson du marchand de cresson me devient précieuse, parce que j'éprouve davantage le besoin de me réfugier dans le château fort du souvenir. Je ne suis pas enclin au pessimisme et j'ai toujours eu peu de goût pour les *louangeurs du temps passé*; néanmoins, en dépit de mes dispositions à envisager de préférence le bon côté des choses, je ne puis m'empêcher de reconnaître qu'il y a je ne sais quoi de détraqué dans le monde actuel. De plus en plus je me réjouis de vieillir, afin d'être aussi peu que possible témoin de la piteuse faillite de cette fin de siècle. — Il y a vingt-cinq ans et même vingt ans, alors que ce même vendeur de cresson lançait d'une voix plus jeune son cri sous mes fenêtres, les temps n'étaient guère meilleurs qu'aujourd'hui, mais les caractères étaient, je crois, mieux trempés. Les générations qui arrivaient à l'âge mûr avaient gardé

un vieux levain d'enthousiasme: elles étaient
encore idéalistes et espéraient dans l'avenir. On
avait conscience des fautes passées, on se pro-
mettait de ne les plus commettre : on était épris
de liberté et on se jurait qu'une fois qu'on l'aurait reconquise on ne se la laisserait plus con-
fisquer par un soldat heureux ou un César d'occasion. Les jeunes gens avaient le cœur vraiment
jeune et croyaient encore naïvement à un certain
idéal dans le domaine de l'art comme dans le
domaine de la politique. Que tout cela semble
loin aujourd'hui ! Quel émiettement dans les es-
prits ! Quel affaiblissement des volontés et des
caractères ! Nous possédons la liberté et nous en
sommes réduits à dire d'elle ce que Musset disait
de la vérité :

> Quand je l'ai comprise et sentie,
> J'en étais déjà dégoûté.

Après en avoir abusé, nous voilà prêts à l'ac-
cuser de toutes les sottises que nous avons faites
en son nom ; encore un peu, et nous la trahirons
au profit du premier dictateur empanaché dont

nous aurons fait un fétiche. Les jeunes gens d'aujourd'hui n'ont plus ni gaieté, ni verdeur, ni enthousiasme ; ils colorent du nom de pessimisme je ne sais quelle féroce indifférence, je ne sais quel égoïste besoin de jouir de l'heure présente sans se préoccuper du lendemain. J'entendais l'autre jour une femme du monde, nouvellement mariée, s'écrier : « Oh ! vraiment non, je ne veux pas avoir d'enfants, Dieu m'en préserve !... » Quand j'écoute ces aimables propos de mes jeunes contemporains, je me demande si ce ne sont pas eux qui sont *les vieux*, et si je ne suis pas plus jeune qu'eux tous, — et en même temps je me réjouis de vieillir.

*
* *

...Oui, ajouta Jacobus, en secouant les cendres de sa pipe, je me réjouis de vieillir afin de ne plus voir le joli monde que tout cela nous prépare ; et, en attendant, je me plonge dans le passé, je relis les livres d'autrefois, je me délecte dans la poésie du vieux Ronsard, qui n'était, lui, ni un pessimiste, ni un décadent. Voilà pourquoi j'aime le cri matinal de mon vieil ami le vendeur de cresson; il me reporte à un temps où l'espérance chantait encore dans mon cœur comme l'alouette dans les blés verts.

A ce moment, la traînante mélopée du marchand ambulant monta de nouveau vers nous du fond de la rue : « Du cresson, du cresson, la santé du corps ! »

— Ah ! s'écria Jacobus, avec son mélancolique sourire, si son cresson donnait aussi la santé de l'âme, quelle cure miraculeuse j'essayerais de faire en l'administrant à mes concitoyens !

LA CHASUBLE

— Ah ! me dit mon ami Eusèbe, tu regardes
cette portière ?... N'est-ce pas qu'elle est éton-
nante? Tu t'y intéresserais encore davantage si
tu savais d'où elle vient et comment je l'ai eue.

De fait, la portière en question était d'une
couleur et d'un dessin exquis. Taillée dans un
magnifique morceau de velours de Gênes vert
myrte, elle était coupée dans sa hauteur par une
large croix tramée d'or, sur laquelle s'enlevaient
en relief des broderies d'argent d'un goût très
pur, représentant les instruments de la Passion.

— Je l'ai achetée en Espagne, reprit Eusèbe,
à Valence au mois d'avril de l'an dernier, et
elle a été façonnée avec une chasuble... Quand

je la regarde, je revois la *Huerta* avec ses bois d'orangers couverts de fleurs et de fruits... Valence se remontre à mes yeux, telle qu'elle m'est apparue le soir de la fête de saint Vincent, avec ses rues pleines d'une population grouillante et gaie, sa place illuminée par des feux d'artifice tirés en l'honneur du saint ; — je retrouve ainsi l'impression que m'a laissée la ville la plus aimable, la plus vivante et la plus fleurie de toute l'Espagne.

J'étais descendu à la *Fonda de Paris* et je prenais mes repas à table d'hôte, en face d'un jeune prêtre maigre, pâle, souffreteux, ayant de fines lèvres mélancoliques et de beaux yeux d'un noir luisant. Comme il parlait le français, nous étions entrés en conversation. Il s'appelait don Palomino et je savais qu'il était vicaire dans un bourg des environs. Souffrant d'une affection du larynx, il était venu suivre un traitement à Valence. Il demeurait en ville, mais il prenait pension à la *Fonda* et deux fois par jour nous nous retrouvions à la même table. C'était un homme instruit, causant bien, avec un léger fonds de mélancolie, et un courant sympathique nous avait doucement attirés l'un vers l'autre.

*
* *

Un matin, j'étais allé flâner autour du marché. — Ce marché en plein air, bordé d'échoppes reliées l'une à l'autre par des toiles tendues transversalement et découpant sur les pavés des bandes d'ombre et de lumière, c'était une fête pour les yeux, un vrai régal d'artiste ! Des panerées d'oranges et de citrons ruisselaient sur les dalles ; de larges corbeilles de fraises mêlaient leurs tons cramoisis à la couleur plus tendre des limons et des mandarines. Il y avait çà et là des jonchées d'œillets et de roses rouges, remuées à pleines mains par de jolies marchandes, blondes, blanches, grassouillettes et accortes, à la voix musicale et aux prunelles veloutées. Parfois un rayon de soleil courait sous ces toiles tendues, faisant chatoyer ici un écroulement d'oranges, là une botte de fleurs, plus loin deux grands yeux noirs, et de tous côtés s'exhalaient des odeurs pénétrantes et aromatiques, qui vous grisaient délicieusement.

Au coin de la *calle de Mantas*, je m'arrêtai devant la boutique à clairevoie d'un marchand d'étoffes anciennes, chez lequel j'avais déjà fait quelques emplettes. Tandis que ce bonhomme, à la face souriante et finaude, étalait à mon intention un lot de vieilles dentelles espagnoles, je vis soudain luire dans l'ombre la précieuse chasuble dont cette portière a été faite. Une fillette de quinze ans était en train de la replier soigneusement dans du papier de soie. Je la tirai brusquement à moi, je l'admirai silencieusement et demandai au marchand avec des yeux allumés :

— *Quanto* (combien)?

— Oh! vous admirez la chasuble, me répondit-il ; n'est-ce pas que c'est une merveille?... Seulement elle n'est pas à vendre. Elle appartient à un seigneur prêtre qui nous l'a donnée à restaurer et qui y tient comme à la prunelle de ses yeux.

Je dus me contenter de contempler cette belle
chose et je quittai le marchand d'étoffes avec
un secret sentiment de jalousie et de dépit que
comprendront tous les collectionneurs de bi-
belots.

*
* *

Or, ce même matin, comme je l'ai su plus
tard, don Palomino était allé dire sa messe à la
cathédrale. Après l'office, tandis qu'au sortir de
la sacristie il traversait le *coro* désert, il aperçut
tout à coup dans la sombre encoignure d'une
chapelle un jeune couple qui paraissait conver-
sér très tendrement. Indigné et véhémentement
scandalisé, le vicaire poussa droit à ces amoureux qui abusaient si irrespectueusement de la
solitude du saint lieu ; mais, en le voyant débus-
quer d'un pilier, la jeune fille, avec un geste
d'oiseau effarouché, prit brusquement la fuite,
et l'amoureux, moins prompt, resta seul, bloqué
contre la grille, sans pouvoir échapper à l'é-
treinte irritée du vicaire. — Au moment où don

Palomino secouait rudement le bras du délin-
quant, il reconnut en lui un de ses anciens pa-
roissiens :

— *Santa Maria purissima!* s'écria-t-il, José
Ramon, est-ce ainsi que tu joues avec ton salut
éternel? Ne peux-tu faire l'amour ailleurs que
dans la maison de Dieu?

— Pardon, *senor vicario*, répondit piteusement José, mais c'est ici seulement que Rosario
et moi nous pouvons nous voir tranquillement...
Sa mère, la marchande d'oranges de la *Plateria*,
ne lui permet de sortir que pour aller à l'é-
glise.

— Pourquoi ne vas-tu pas la voir chez sa
mère, comme un honnête homme qui a le mariage en vue?

— Je le voudrais bien, mais la vieille ne l'en-
tend pas ainsi... Elle me refuse sa fille, sous
prétexte que je n'ai pas la somme nécessaire
pour entrer en ménage.

— Combien te faudrait-il?

— Cinq cents pesetas... La mère ne rabat-
trait pas un *cuarto.*

— Et si tu ne peux pas te procurer cet argent, comment ferez-vous, la jeune fille et toi?

— Nous continuerons à nous voir comme nous pourrons... car nous nous aimons comme deux fous... Et, ma foi, il adviendra ce qu'il plaira à Dieu.

— Tais-toi, misérable pécheur!

Don Palomino avait un faible pour ce José Ramon. Il aurait volontiers donné les cinq cents pesetas pour faire cesser le scandale ; mais il était pauvre comme un rat d'église et il sortit de la cathédrale tout pensif...

*
* *

Le lendemain, comme je passais *calle de Mantas*, j'aperçus le marchand d'étoffes sur le seuil de sa boutique. En me voyant, il cligna de l'œil, et, grimaçant un sourire aimable à mon adresse :

— Votre Grâce veut-elle la chasuble ? murmura-t-il.

Et comme je faisais un signe d'assentiment, il ajouta :

— J'en ai parlé au seigneur prêtre... Elle sera à vous pour six cents pesetas, mais pas un cuarto de moins.

C'était une somme, mais la chasuble valait davantage ; j'en étais féru et le marché fut conclu séance tenante.

Le soir même, à dîner, don Palomino m'annonça d'un air mélancolique qu'il était forcé de rentrer à son vicariat, et nous prîmes affectueusement congé l'un de l'autre.

A quelques jours de là, je fis moi-même mes malles et je priai la maîtresse d'hôtel de m'aider à emballer soigneusement ma précieuse acquisition. En voyant la chasuble, la bonne dame se signa et poussa une exclamation :

— Eh quoi ! senor caballero, c'est à vous que don Palomino a vendu sa chasuble ?... Le pauvre, cela lui faisait bien mal au cœur d'être obligé de s'en séparer !... Et quand on pense qu'il s'est défait de cet ornement pour obliger son prochain !...

Là-dessus, elle me raconta que le vicaire s'était fait un cas de conscience de ramener Rosario et José dans le droit chemin et que le prix de la chasuble avait servi à apaiser la vieille marchande d'oranges.

J'avoue que je fus pris d'un remords et que je fus tenté un moment de courir après don Palomino pour lui restituer sa précieuse relique... Que veux-tu? l'enfer est pavé de bonnes intentions et les collectionneurs n'ont pas de cœur... J'ai gardé la chasuble, mais je pense toujours avec attendrissement à ce petit prêtre fluet et pâle de la *Fonda* de Valence, et je me rappelle ce passage de l'Évangile de saint Mathieu : « L'homme bon tire de bonnes choses d'un bon trésor. »

NOUVELLE NEIGE

ET

VIEUX SOUVENIRS

Hier matin, quand je me suis réveillé, j'ai vu toutes les hautes cimes poudrées à blanc. Pendant la nuit, la neige est tombée sur les montagnes hardiment découpées qui enceignent le fond du lac d'Annecy. Ces blancheurs éblouissantes forment un contraste charmant avec les pâturages verts, les bois que l'automne colore et le bleu foncé du lac. Le voisinage de la neige donne une teinte plus chaude et plus dorée aux coups de soleil qui tombent sur les arbres et sur les vignobles où le raisin noircit. En même temps, ce premier semblant d'hiver rend le paysage plus intime et mieux clos. On s'y sent plus enfermé encore, plus entouré de paix et de

recueillement, plus disposé aux lectures et aux
méditations de longue haleine. J'en profite pour
lire ce livre de *Napoléon et ses détracteurs* que
le fils de Jérôme Bonaparte vient d'écrire *pro
domo suâ*.

∗
∗ ∗

Tout en parcourant ce plaidoyer en réponse
au *Napoléon* de M. Taine, je songeais aux des-
tinées de la légende napoléonienne. Aujourd'hui
cette vive polémique au sujet des vertus ou des
tares du premier Napoléon occupe encore les
lettrés et fournit des sujets d'articles aux jour-
nalistes, mais elle laisse profondément indiffé-
rente la masse du public. Le peuple se passionne
peu pour ou contre Bonaparte. Quelle différence
entre les préoccupations populaires d'il y a quarante ans et celles d'aujourd'hui! Lorsque j'étais
enfant, le nom de Napoléon était honoré dans les
campagnes à l'égal du saint de la paroisse. Dans
chaque maison, une lithographie ou une image
d'Épinal, accrochée au mur, rappelait l'épopée

napoléonienne ; dans chaque village, d'anciens soldats, débris de la grande armée, redisaient à satiété, à la façon des conteurs populaires, quelque épisode des guerres du premier Empire, et entretenaient le culte du *petit caporal*. Il n'y avait pas un dîner de noce ni un repas de corp où, au dessert, quelque paysan ne se levât et, le verre en main, n'entonnât une chanson en l'honneur de « l'empereur ». — Aujourd'hui le piteux dénouement du second Empire et la guerre de 1870 ont ruiné la légende napoléonienne chez les paysans. Une froide et épaisse couche de neige est tombée sur l'ancienne idole et l'a ensevelie profondément. Les vieux soldats, qui réchauffaient de leur enthousiasme et de leurs récits épiques les cerveaux naïfs des pâtres et des laboureurs, sont allés à leur tour dormir sous la terre, et chacun a emporté dans sa fosse un lambeau de la légende. Avec le dernier des médaillés de Sainte-Hélène, le feu sacré s'est définitivement éteint.

*
* *

Avant 1848, ces curieux débris de la grande
armée étaient encore très nombreux dans nos
provinces de l'Est ; rudes sous-officiers chevron-
nés, devenus gardes-forestiers ; lieutenants ou
capitaines éclopés pendant les dernières guerres
ou mis en retrait d'emploi à la Restauration.
C'étaient en général de braves gens, un peu
grognons quand leurs vieilles blessures les faisaient souffrir, mais bons vivants et enragés
chasseurs. Peu cultivés pour la plupart et d'in-
telligence médiocrement développée, ils étaient
intéressants par la façon simple et pittoresque
dont ils racontaient leurs prouesses militaires.
Leur naïve idolâtrie pour l'empereur avait quelque chose de touchant. Ils se réunissaient les
uns chez les autres et passaient l'après-midi à
reparler de leurs campagnes, à louer le temps
passé et à débiner le temps présent. A les en-
tendre, nous n'avions plus de généraux et le
petit caporal avait emporté dans son tombeau

le secret de gagner des batailles. J'assistais souvent à leurs entretiens, ayant parmi eux un aïeul maternel, et je m'en revenais la tête farcie de récits merveilleux sur la guerre d'Espagne et la bataille de Leipzig.

J'en ai connu un surtout qui a laissé dans ma mémoire d'enfant une trace bien vivante. — On l'appelait le canonnier Bannet et il était manchot, ayant eu un avant-bras emporté par un boulet à Waterloo. Il avait pris la ville en haine et s'était retiré au fond d'un bois où il s'était fait bâtir une maisonnette entourée d'un jardinet. Il vivait là comme un ours, hiver et été, cultivant son potager, tendant des rets aux petits oiseaux et faisant lui-même son lit et sa cuisine. De temps à autre, il y recevait la visite de quelques anciens compagnons d'armes, et mon grand-père m'y emmenait parfois pendant les après-midi de vacances. — Je vois encore distinctement la maisonnette carrée, bâtie en pierres rougeâtres et couverte en tuiles, avec un perron de quelques marches où fleurissaient des rosiers ; les planches de choux et de pommes de terre ; la pelouse des-

séchée et les taillis s'étendant à une lieue aux
entours. Non loin de l'habitation, il y avait un
grand hêtre aux ramures retombantes, à l'ombre
duquel le canonnier Bannet s'asseyait sur une
pierre pour fabriquer ses *raquettes* à prendre
les oiseaux. Je me souviens que j'étais émerveillé de la dextérité avec laquelle ce manchot se
servait de son moignon. Cela semblait tenir du
sortilège, et cette adresse, jointe aux bizarres
façons de vivre du vieux soldat, ne contribuait
pas peu à m'inculquer pour lui un respect mêlé
de crainte superstitieuse.

Je le tenais quasi pour un sorcier, surtout depuis que je l'avais vu cuisiner une certaine soupe
au corbeau qui me faisait l'effet d'un breuvage
enchanté et à laquelle je n'aurais pas touché,
quand même le *petit caporal* serait revenu lui-
même m'en donner l'ordre. Le canonnier savait
toutes sortes de recettes et de secrets qui me

paraissaient sentir le sortilège. Il charmait les
oiseaux rien qu'en sifflant un air ; il avait appri-
voisé un crapaud qui accourait à son appel.
Contrairement aux préjugés populaires, il affir-
mait que ce batracien, non seulement est un
animal doux et inoffensif, mais qu'il rend d'utiles
services dans un potager. Il introduisait dans le
menu de ses repas des quantités de plantes sauvages dont il vantait les qualités comestibles ;
ainsi, il se confectionnait des salades avec des
cœurs de chardons et de jeunes pousses d'orties,
et il s'en régalait, tandis que j'ouvrais de grands
yeux ahuris.

Le mobilier élémentaire qui garnissait la maisonnette était aussi hétéroclite que les façons
de vivre du propriétaire. Les murs blanchis à la
chaux étaient ornés de chouettes et de hiboux
aux ailes clouées en croix. D'étranges papillons
de nuit et des coléoptères plus étranges encore,
épinglés sur des bouchons, garnissaient la tablette de la cheminée. Mais ce qui me paraissait
beaucoup plus singulier, c'était une petite pile
de gros sous vertdegrisés, posée sur une sorte

de piédouche en velours, au-dessous d'un portrait de Napoléon Ier, et recouverte soigneusement d'un de ces globes en verre sous lesquels
on abritait autrefois les pendules. — Bien que
le canonnier Bannet m'intimidât fort et que je
ne me permisse guère de le questionner, un
jour pourtant, la curiosité l'emportant sur la
crainte, je lui demandai, en désignant la
relique :

— Qu'est-ce que c'est que ça, Monsieur ?

— Ça, moutard, répondit-il en soulevant avec
précaution le globe de verre, c'est un trésor plus
précieux que tous les diamants du Brésil !...
Regarde bien ces gros sous, car tu ne verras
jamais rien de pareil dans toute ta vie. Ils ont
été dans la poche de l'empereur !... La veille de
Fleurus, Napoléon passait près de ma batterie,
et je l'entendis se plaindre à un de ses généraux
d'avoir trop de monnaie de cuivre dans son
gousset :

« — Qui veut me débarrasser de cette mi-
traille? dit-il en regardant du côté de la batterie.

« — Moi, sire ! » m'écriai-je bravement en m'élançant en avant et en tendant une pièce de quinze sous que je conservais comme la prunelle de mes yeux.

Il me regarda, sourit et, me jetant la poignée de billon :

« — Tiens, mon brave, remets ta pièce en poche et garde les sous pour boire une bouteille. »

... Et je les ai gardés, ajouta gravement le canonnier Bannet, en replaçant le globe, sur le morceau de velours, — et on les enterrera avec moi !

*
* *

Hélas ! pauvre vieux canonnier manchot, on l'a enterré aux environs de 1850. Il s'en est allé, heureusement pour lui, avant la débâcle du second Empire et la guerre de 1870. — Quand je suis revenu au pays, après l'invasion, j'ai été visiter la maisonnette du vieux Bannet. Je l'ai trouvée en ruine. Les bois avaient été abattus et, sur les murs du logis effondré, les soldats allemands du corps d'occupation avaient charbonné leurs noms, avec le numéro de leur compaguie et de leur régiment.

———

LE MOINE QUÊTEUR

Il y avait une fois, en automne, au pays savoyard, un moine capucin qui faisait la quête du vin pour son couvent. Pieds nus, vêtu de bure marron, les reins ceints d'une corde, portant sur son dos le bidon de fer-blanc destiné à contenir les offrandes des vignerons, il allait de village en village, au bord du lac d'Annecy, implorant la générosité des propriétaires et leur promettant en échange des prières ferventes, ce qui n'était pas à dédaigner; on savait que les prières de ce frère quêteur étaient particulièrement précieuses, car, par grâce spéciale, il avait l'oreille du bon Dieu et de saint François. — Néanmoins, cette année-là, les vignes avaient gelé en mai, la récolte était maigre, les vignerons étaient de

4

mauvaise humeur et par conséquent peu donnants. Après avoir marché toute la journée au soleil qui ne laissait pas d'être ardent, bien qu'on fût en octobre, le moine sentait son bidon lui peser sur les épaules, encore qu'il se trouvât à moitié vide. A la tombée du jour, il arriva harassé et les pieds en sang près d'une cabane de pêcheur qui mirait son toit de chaume dans les eaux vertes du lac, et, n'en pouvant plus, il frappa à la porte, demandant un gîte pour la nuit. La femme du pêcheur vint lui ouvrir. C'était une jeune femme fort jolie et très avenante ; mais, quand elle eut entendu la requête du frère quêteur, elle secoua tristement la tête : « Je vous plains de tout mon cœur, mon pauvre frère, lui-dit-elle, mais je ne puis vous loger, car mon mari va rentrer ; il déteste les moines et il est fort brutal. » Pourtant, le moine redoublant ses supplications, elle finit par avoir compassion et le laissa entrer. Elle lui servit en hâte un souper de bouillie de châtaignes et le fit monter dans le grenier où il se cacha dans le foin.

*
* *

Très tard dans la soirée, le pêcheur rentra. Il
était fort grognon, n'ayant rien pris et mourant
de faim. Il trouva sa soupe mauvaise, jeta son
écuelle à la tête de sa femme et, bien que celle-
ci ne répliquât pas, il se mit à la battre fort
vilainement. Du fond du fenil ou il s'était mussé,
le capucin entendait toute cette scène, et l'injustice de ce traitement lui arracha une exclamation
indignée. Le pêcheur avait l'oreille fine. « Ah !
dévergondée, s'écria-t-il, il y a quelqu'un là-haut ?
C'est sans doute un de tes galants que tu as
caché dans le foin ! — Non, répondit la jeune
femme, c'est un moine qui m'a demandé de lui
donner à coucher. — Un moine !... Attends ! je
vais lui régler son compte ! » Et il se précipitait
vers l'échelle du fenil en brandissant un gourdin.
Le pauvre frère n'eut que le temps de sauter par
la gerbière, heureusement peu élevée, et de

s'aller coucher dans les joncs de la berge. Là il
trouva la barque du pêcheur, la détacha doucement et, ramant avec vigueur, il gagna l'autre
rive.

*

Près du talus où il aborda, dans une petite
anse, se dressait le manoir de la Maladière, dont
les fenêtres étaient encore éclairées. Le moine,
plus que jamais vanné de fatigue, résolut d'aller
y demander l'hospitalité pour la nuit. — Ce manoir était la propriété d'une jeune dame fort
riche, mais d'humeur tellement acariâtre et har-
gneuse, que son mari avait été obligé de la quitter
et que ses domestiques ne la servaient qu'en
tremblant. Elle accueillit la requête du capucin
avec force plaisanteries d'un goût douteux, pré-
tendit que les moines, ayant fait vœu de pauvreté,
n'avaient besoin que de pain noir pour souper
et d'une botte de paille pour la couchée. En
conséquence, elle commanda qu'on servît au

frère la soupe des chiens et qu'on lui dressât un lit dans l'écurie. Elle-même, pour le narguer, vint à la cuisine tandis qu'il se reposait au coin de l'âtre. Elle le railla sur le contenu de son bidon, l'accusa d'être un hypocrite et de s'enivrer en cachette avec le vin de la quête. Le pauvre moine se faisait petit et ne répondait rien, ce qui exaspéra encore davantage cette arrogante créature. Elle l'invectiva de plus belle et finalement le fit jeter dehors.

Quand l'infortuné capucin se vit sur la route, par cette froide nuit d'octobre, il ne put s'empêcher d'établir une comparaison entre cette châtelaine si dure au pauvre monde et la femme du pêcheur, si avenante et charitable. Les conditions humaines lui parurent mal arrangées, et il lui monta au cœur un peu de rancune, — car, pour être moine, on n'en est pas moins sensible à l'injustice. — Donc il s'agenouilla sur la terre et levant les yeux vers le ciel plein d'étoiles scintillantes: « Mon bon Dieu, pria-t-il, et vous, vénéré saint François, faites que la dame de ce manoir prenne la place de la femme du pêcheur,

et qu'en retour celle-ci devienne châtelaine de
la Maladière.

Comme on l'a dit plus haut, le capucin jouis-
sait au ciel d'un crédit illimité, et incontinent
sa prière fut exaucée. Des mains invisibles éxécu-
tèrent la transmutation des deux femmes. Au
matin, l'acariâtre châtelaine de la Maladière
s'éveilla dans la cabane du pêcheur, qui, comme
entrée de jeu, accueillit ses exclamations irritées
par une formidable volée de bois vert. — A son
tour, la femme du preneur de truites se trouva,
à son réveil, dans un grand lit à courtines de
soie, au milieu d'une belle pièce, tendue de
tapisseries. Quand la femme de chambre entra
doucement pour apporter le déjeuner de sa
maîtresse, elle fut étonnée de voir dans le lit
une jeune femme jolie et douce, au lieu de l'arrogante harpie de la veille, et son étonnement
redoubla quand elle l'entendit lui adresser la
parole sur un ton aimable et poli. La nouvelle
châtelaine se leva et émerveilla tous les gens
par sa bonne grâce et sa bienveillance. On cria
au miracle et le bruit de cette métamorphose se

répandit rapidement aux entours, de sorte que
le seigneur châtelain, qui s'était enfui loin de son
ancienne épousée, s'empressa de réintégrer le
domicile conjugal pour contempler la nouvelle
maîtresse du logis. Il fut si ravi de la beauté et
de la douceur de la jeune dame qu'il résolut de
l'épouser sur-le-champ. Le mariage fut célébré à
l'église voisine et les nouveaux mariés revinrent
en calèche découverte au manoir. Comme ils lon-
geaient les bords du lac, une femme en haillons,
qui lavait son linge sur les pierres du talus,
jeta un coup d'œil sur le couple, lâcha son battoir
et se mit à courir derrière la calèche en criant
au cocher: « Arrête, Mauricet! Arrête-donc, bu-
tor! »

Le châtelain se pencha et reconnut sa première
femme. Un frisson le prit et il cria à son tour à
Mauricet: « Fouette tes chevaux, mon garçon,
et au grand galop!... »

La calèche disparut; l'ex-châtelaine essoufflée
s'en revint piteusement vers la cabane du pêcheur
et, comme elle était en retard pour le souper,
celui-ci, par surcroît, la régala d'une nouvelle

volée de bois vert. Le capucin, qui était sur la route et qui vit la chose, s'en esclaffa tellement qu'il faillit en répandre tout le vin de son bidon.

LA MAISON DU BORD DE L'EAU

———

Elle s'appelait de son vrai nom la Grangerie,
mais dans le pays on disait tout simplement, en
parlant d'elle, « la maison du bord de l'eau, »
parce qu'elle mirait dans le lac ses hauts toits
bruns en auvent et sa grise façade méridionale,
ornée d'une galerie que drapait une vieille vigne
aux pampres échevelés. Elle était carrée, nue et
massive; — isolée des autres maisons du village
par le lac au midi, et au nord par des vergers
et des vignes. — Deux énormes noyers abritaient
de leur ombre humide le large escalier de pierre
veinée qui conduisait tout droit à l'appartement
du premier étage. Les pièces spacieuses, avec
leur plafond aux poutres saillantes, leurs murs
décorés de fresques à l'italienne, leur mobilier

datant du xviiiᵉ siècle, n'étaient ni confortables
ni très hospitalières ; mais, malgré leur délabre-
ment, elles satisfaisaient les goûts très simples
des propriétaires, les Balmont de Vertier, —
deux vieux époux sexagénaires qui habitaient la
Grangerie, depuis l'époque de leur mariage. Ils
y avaient passé leur lune de miel, en avaient
chaque année vendangé les vignes et y avaient
vu se succéder pacifiquement quarante printemps
et autant d'hivers. Pour eux, il n'existait pas de
demeure comparable à « la maison du bord de
l'eau » ; le vin qu'on y récoltait était supérieur à
tous les crus du canton : les fruits du verger
avaient une saveur et un fondant non pareils, et
la Grangerie était le séjour le plus gai et le plus
aimable qu'on put trouver au bord du lac.

*
* *

Cette opinion optimiste n'était point partagée
par les nièces des Balmont, deux jeunes orphe-
lines de dix-huit à vingt ans, que le vieux couple
avait recueillies, adoptées et élevées depuis leur

plus jeune âge. Après un séjour de quatre années dans un couvent de Chambéry, les deux sœurs, Mauricette et Francine, étaient rentrées à la Grangerie et y passaient de longs mois monotones, remplis invariablement par les mêmes tâches et les mêmes plaisirs ; — travaux de lingerie et de jardinage sous la direction de la tante Balmont, pendant la semaine ; messe, vêpres et salut, le dimanche, et, le soir, parties de piquet avec l'oncle Balmont. Jamais de sorties, jamais de bal, jamais de voyages. Leur plus agréable distraction, en été, consistait à épier trois fois le jour le passage du bateau à vapeur qui faisait le tour du lac avec sa cargaison de touristes. Ce bateau, plein de passagers venus des quatre coins de la France, représentait pour elles toutes les joies et toutes les tentations du monde extérieur. Elles le guettaient de loin, tressaillaient au sifflet de la machine, et le voyaient disparaître avec des soupirs de regret. Elles regardaient passer avec des yeux pleins de convoitise les touristes avec la lorgnette en bandoulière, les belles dames en fantaisistes costumes de

voyage, et, tout en suivant le double sillage argenté du bateau sur la nappe bleue du lac, elles
se forgeaient de beaux rêves de plaisirs mondains
et de romanesques aventures. — Mais, à la fin
de septembre, les touristes s'en allaient avec les
hirondelles, les rares riverains du lac, appelés à
la ville pour leurs affaires, peuplaient seuls de
leur silhouette trop connue le pont du bateau,
et les deux sœurs retombaient dans l'ennui mo-
notone de l'hiver. Elles se dépitaient tout bas en
songeant que leur jeunesse allait se consumer
dans ce mélancolique isolement, et, le dimanche,
à l'église, elles priaient Dieu et les saints de
leur envoyer quelque événement dont l'imprévu
fît diversion avec cette navrante uniformité de
leur vie.

Un jour d'été, le ciel fit mine d'exaucer leurs
prières. Une lettre de Genève obligea le propriétaire de la Grangerie de s'absenter pour une
huitaine, et comme les deux époux, à l'exemple

de Philémon et Baucis, ne pouvaient vivre l'un sans l'autre, ils résolurent de partir tous deux, en confiant la maison à la garde de leurs nièces. — Donc, un matin de juillet, après avoir fait force recommandations à Mauricette et à Francine, le vieux couple monta dans une carriole chargée de paquets et de provisions comme pour un voyage au long cours, et disparut au tournant de la route d'Annecy.

Restées seules et maîtresses du logis, les deux sœurs commencèrent à battre des mains et à se creuser le cerveau pour inventer des plaisirs capables de leur prouver à elles-mêmes leur indépendance momentanée. Mais, prises au dépourvu, elles ne trouvaient rien de bien neuf, et, après avoir beaucoup cherché, dès le quatrième jour, elles en arrivaient déjà à être embarrassées de leur liberté. — Tandis qu'elles restaient oisives sur la galerie, occupées à regarder distraitement l'envolée des nuages autour des montagnes, voilà tout à coup que des bruits de pas et des éclats de voix résonnèrent dans le vestibule et elles virent entrer deux grands garçons

de leur âge, deux cousins éloignés, tout frais
émoulus de l'école de droit de Grenoble, et qui,
traversant le lac, avaient eu l'idée de rendre
visite à l'oncle et à la tante Balmont.

Mauricette et Francine, rougissantes d'aise et
de surprise, leur expliquèrent l'absence du vieux
couple et, désireuses de jouer leur rôle de maîtresses de maison, s'empressèrent de retenir les
cousins à dîner. N'était-ce point là l'événement
tant désiré, l'imprévu tant rêvé, que le ciel leur
envoyait à la fin ?... Séance tenante, elles résolurent de mettre à profit cette visite inattendue
et de se donner une fois au moins dans leur vie
un faux semblant de fête et de bal. —Immédiatement la maison fut sens dessus dessous.

Toute la provision de bougies de la tante Balmont fut employée à orner les candélabres et le
vieux lustre à boules de cuivre du salon ; tous
les sirops emmagasinés dans l'office furent mis
en réquisition pour les rafraîchissements. —
Après le dîner, les deux cousins furent introduits
solennellement par la servante dans le salon
désert et éclairé à giorno. Au bout de quelques

minutes, une porte latérale s'ouvrit à deux bat-
tants et les deux cousines, qui s'étaient retirées
dans leur chambre pour procéder à leur toilette, parurent métamorphosées.

Elles avaient bouleversé les coffres et les pla-
cards de la tante et se montraient vêtues de
vieilles robes à ramages datant de l'époque de
Marie-Antoinette. Dans leurs cheveux crêpés et
poudrés, les roses du jardin faisaient merveille.
Les yeux brillants, le sourire aux lèvres, elles
agitaient d'antiques éventails et saluaient avec
de solennelles révérences. Les cousins, enchan-
tés de se trouver à pareille fête, se prêtaient de
leur mieux au divertissement. On ouvrit le vieux
piano endormi dans un coin du salon, et, l'une
après l'autre, les cousines y jouèrent des valses,
tandis qu'un seul couple tournoyait dans la pièce
spacieuse. De temps en temps, la servante appa-
raissait avec un plateau et offrait des rafraîchissements ; et les pêcheurs nocturnes qui jetaient
leurs lignes de fond dans le lac, et dont les
barques erraient dans la nuit, ouvraient de
grands yeux en voyant se refléter au loin la sur-

prenante illumination de « la maison du bord
de l'eau ».

Grisés par la musique et par la danse, les
cœurs des quatre jeunes gens commençaient à
battre très fort. Par les fenêtres ouvertes, le
vent de la nuit d'été apportait aux danseurs des
parfums de jasmin et de chèvrefeuille qui leur
suggéraient de troublantes paroles de tendresse.
Les heures passaient et l'enivrement de la jeunesse leur faisait oublier les heures, quand tout
à coup un roulement de carriole retentit au
dehors, des exclamations de voix courroucées
résonnèrent dans le vestibule, et brusquement
on vit surgir, les bras levés au ciel, l'oncle et la
tante Balmont qu'on n'attendait que deux jours
plus tard.

— Mais c'est la fin du monde ! s'écriait la
vieille dame, tandis que l'oncle, toujours éco-
nome, s'empressait de souffler les bougies des
candélabres.

Les deux cousines, Mauricette et Francine,
ramassant leurs jupes à ramages, s'étaient
enfuies dans leur chambre et, murmurant de

vagues excuses, les cousins s'esquivèrent à leur
tour, laissant le vieux couple ébahi au milieu du
salon en désordre...

*
* *

Des années et des années se sont passées
depuis. La tante et l'oncle Balmont dorment
dans le petit cimetière qui verdit à l'ombre de
l'église. Les cousins se sont mariés au loin.
Francine et Mauricette sont restées seules propriétaires de la « maison du bord de l'eau ».
Elles mûrissent dans le célibat ; elles se sont
habituées à la solitude de la vieille demeure et,
comme l'oncle et la tante, elles répètent volontiers que la Grangerie est le plus charmant des
domaines riverains du lac. Mais, au fond de leur
cœur, elles gardent comme dans un sanctuaire
verdoyant le souvenir de ce bal improvisé, —
leur unique bal, — et de ces tendres compliments murmurés un soir par les deux cousins, —
les seuls propos d'amour que leurs chastes
oreilles aient entendus.

LA SAINT-SYLVESTRE

Le soir du 31 décembre, mon ami Jacobus, après avoir silencieusement dîné à sa table d'hôte de la *Rose d'or*, regagnait d'un pied leste la rue des Grangettes, où était situé son logis de célibataire. La rue était solitaire, mal éclairée par un lointain bec de gaz; le vent du nord, soufflant directement entre les deux rangées de façades noires, coupait la figure de Jacobus, et, malgré le pardessus étroitement boutonné, faisait sentir à notre ami que son sang de quadragénaire n'avait plus les vertus réchauffantes de la prime jeunesse. Aussi agita-t-il d'une main impatiente le marteau qui décorait la porte de sa propriétaire. Ce fut la fille de la maison, Mlle Franceline Bigeard, qui vint lui ouvrir, tenant

d'une main les plis de son tablier plein de marrons, et de l'autre la lampe qui éclairait son
minois chiffonné et ses yeux bleus très vifs.
Ce bleu regard, les cheveux bruns frisottants et
le clair sourire de Mlle Franceline donnaient
encore un attrait piquant à sa figure, bien
qu'elle commençât à mûrir et à passer, ayant
eu vingt-huit ans à la sainte Catherine.

— Je vous demande pardon de vous avoir
fait attendre, dit-elle au locataire morfondu,
mais j'étais en train de fendre des marrons...
Nous avons retenu à souper deux de mes amies
et, ce soir, nous finirons l'année en grillant des
châtaignes et en les arrosant d'un verre, de
fignolette... A votre service, Monsieur Jacobus !...

— Merci, répondit-il en prenant un air pressé ;
merci, mademoiselle.

S'il refusait, ce n'était pas que la compagnie
de Franceline lui déplût, au contraire ; mais il
se tenait sur la réserve, craignant de s'engager
trop avant avec cette fille nubile qui désirait se
marier, et ne voulant pas qu'une trop grande
familiarité le fît glisser peu à peu sur une pente

dangereuse. Il n'était pas insensible aux yeux bleus et au sourire de la demoiselle, mais il avait peur du mariage. Il ressemblait à ces enfants qui vont prendre un bain froid, qui trempent un pied dans l'eau, puis le retirent et ne peuvent pas se décider au plongeon final.

— Merci ! répéta-t-il encore en montant l'escalier. Il n'est pas venu de lettres pour moi ?

— Non, Monsieur Jacobus, le facteur n'a rien apporté.

— Allons ! décidément on m'oublie ! songea mélancoliquement Jacobus en introduisant la clé dans sa serrure ; le monde entier a désappris le chemin de mon domicile...

* *
*

Jacobus se sentait peu à peu devenir la proie d'un accès d'humeur noire. Ce soir-là, tout allait de travers : les bûches de son feu fumaient au lieu de flamber, sa lampe grésillait sans jeter de clarté, un vent coulis passait sous la porte et le glaçait jusqu'aux moelles.

— Un penseur, Joubert, je crois, murmurait-il en allumant sa pipe, a dit que « le soir de la vie apporte avec lui sa lampe » ; la mienne éclaire bien mal et mon crépuscule est diantrement maussade. Cet affaiblissement de la lumière intérieure est une des conséquences fatales du célibat. La maturité et le célibat ! Deux milieux malsains où germent un tas de mauvaises graines qu'on croyait mortes et qui se mettent à pousser de vilaines fleurs aux parfums amers : remords tardifs, regrets stériles, hésitations et peurs de vieillards.

La peur surtout, une peur lâche qui vous déshabitue d'agir, qui vous détourne de toutes les résolutions généreuses, de toutes les fructueuses audaces... Je me rappelle qu'au temps de ma jeunesse, au moment où j'allais gravir une pente abrupte des Pyrénées, je rencontrai un homme mûr et déjà cassé, et comme je l'interrogeais sur le chemin à suivre, il me cria :

— Ne montez pas là-haut : le sentier est une véritable fondrière, vous vous essoufflerez en pure perte !

Je haussai les épaules et je poursuivis ma
route en riant de la pusillanimité de ce quinqua-
génaire... Et pourtant voilà où j'en suis! Le
moindre caillou me fait broncher, la plus enfantine difficulté prend les proportions d'une im-
possibilité. Je ne sais plus ni oser ni vouloir,
et je me morfonds dans ma cellule de célibataire
en regrettant les occasions que j'ai laissé échapper à l'époque où ma vingtième année fleurissait
dans sa verte nouveauté.

*
* *

A ce moment, de jeunes éclats de voix montèrent du rez-de-chaussée, et dans ce gai tapage
Jacobus distingua le rire clair de Franceline.

— Ils s'amusent en bas! songea-t-il de nouveau avec un soupir; ils boivent à l'année qui
finit et à celle qui va naître... Pour eux, une
année qui passe et une année qui commence
n'éveillent point de pensées mélancoliques. Ils
ne sont pas encore à l'âge où les semaines et
les mois semblent filer avec la rapidité d'un vol

d'hirondelles. Ils y viendront cependant, et Franceline comme les autres! Elle court sur ses vingt-huit ans et n'a pas trouvé de mari. Pauvre fille! peu à peu ses joues se faneront, ses bleus regards perdront de leur éclat, son rire échangera ses notes claires contre des intonations aigres et sèches, et elle connaîtra aussi les solitudes du célibat, le regret des occasions envolées, les peurs de l'âge mûr. Oh! les vieilles filles, je les plains encore plus que les vieux garçons!... La prison de l'isolement est pour elles plus obscure et plus étroite; le monde est plus sévère. Un sang vif a beau gronder dans leur cœur comme dans un réservoir muré, elles doivent en étouffer les bouillonnements. Pour arrêter l'élan des fleurs de tendresse qu'elles portent en elles et qui auraient voulu s'épanouir au dehors, la religion, le devoir, les convenances sont là comme des grilles austères. Quelle lutte douloureuse et cachée! Et, quand chaque printemps revient, quelle amère raillerie! quelles cruelles tentations! quels troubles secrets!... Ainsi de charmantes filles se dessè-

chent et tournent à l'aigre ; et c'est ce qui arrivera
à Franceline, s'il ne se rencontre pas un brave
garçon assez aimant et assez courageux pour
transplanter dans un milieu tendre et réchauf-
fant cette jolie plante qui s'étiole... Mais alors,
misérable, puisque tu te rends si bien compte
des choses, pourquoi n'es-tu pas ce brave garçon? Tu es las de ton foyer glacé, comme elle
est lasse de sa chambre de vierge : pourquoi ne
fais-tu pas d'elle une compagne heureuse et
rajeunissante?... Ah! voilà, c'est que précisément je ne sais plus oser !

*
* *

Tandis qu'il s'enfonçait dans ces idées noires
et désenchantées, Jacobus perdait la notion des
phénomènes extérieurs. Un frisson qui courut
le long de son dos le ramena à la réalité. Il
s'aperçut que son feu s'était consumé sans jeter
de chaleur, que sa pipe s'était refroidie et que sa
fenêtre joignait mal. Comme il se levait pour la
fermer plus hermétiquement, de nouveau des

rumeurs joyeuses montèrent du rez-de-chaussée
et de nouveau le rire argentin de Franceline tinta
à ses oreilles. — Il eut encore un moment d'hé-
sitation, puis le froid de cette nuit de décembre
le décida. Il éteignit sa lampe, descendit à tâtons
son escalier et, guidé par les rires, il alla frapper
timidement à la porte de sa propriétaire.

L'huis s'ouvrit tout grand et, à la lueur d'une
belle flambée, il vit autour de la cheminée un
cercle de jeunes gens en train d'éplucher des
marrons.

— Ma foi ! dit Jacobus, je vous entendais rire
de là-haut et votre joie m'a mis l'eau à la bouche...
Voulez-vous, Mademoiselle Franceline, me faire
une petite place à côté de vous?

Et alors, en jetant un tendre regard vers Franceline, il vit tout à coup que cette place était
prise. Un garçon d'une trentaine d'années, un
forestier, était assis sur le même banc que la
jeune fille et la serrait de très près.

Tandis que mon ami écarquillait ses yeux
ébaubis, la propriétaire lui dit en avançant une
chaise :

— Venez près de moi, Monsieur Jacobus, je
vais vous apprendre une nouvelle; nous faisons
d'une pierre deux coups : nous fêtons la Saint-
Sylvestre et nous arrosons les fiançailles de
notre Franceline avec M. le garde général Sau-
dax... Prenez donc un verre et trinquez avec
nous... Ils se marieront après la Chandeleur !

LE CONTE DES ROIS MAGES.

Les trois rois mages, Balthazar, Melchior et Gaspard, portant l'encens et la myrrhe, étaient partis à la recherche de l'enfant Jésus, mais comme ils ne connaissaient pas bien le chemin de Bethléem, ils s'étaient égarés en route et, après avoir traversé une forêt profonde, ils arrivèrent à la nuit tombante dans un village du pays de Langres. Ils étaient las, ils avaient les bras coupés à force de porter les vases contenant les parfums destinés au fils de Marie et, de plus, ils mouraient de faim et de soif. Ils frappèrent donc à la porte de la première maison du village, pour y demander l'hospitalité.

Cette maison, ou plutôt cette hutte, située presque à la lisière du bois, appartenait à un bûcheron nommé Denis Fleuriot qui y vivait fort chichement avec sa femme et ses quatre marmots.

Elle était bâtie en torchis avec une toiture de terre et de mousse à travers laquelle l'eau filtrait les jours de grande pluie.

Les trois rois, vannés de fatigue, heurtèrent à la porte, et quand le bûcheron l'eut ouverte, prièrent qu'on voulût bien leur donner à souper et à coucher.

— Hélas ! braves gens, répondit Fleuriot, je n'ai qu'un lit pour moi et un grabat pour mes enfants, et quant à souper, nous ne pouvons vous offrir que des pommes de terre cuites à l'eau et du pain de seigle. Néanmoins, entrez, et si vous n'êtes pas trop difficiles, on tâchera de vous arranger.

Ils entrèrent donc. On leur servit des pommes de terre qu'ils dévorèrent de grand appétit, et le bûcheron et sa femme leur cédèrent leur lit, où ils dormirent à poings fermés, sauf Gaspard qui aimait ses aises et qui se trouvait fort à l'étroit entre le gros Balthazar et le géant Melchior.

Le lendemain matin, avant de se remettre en route, Balthazar, qui était le plus généreux des trois, dit à Fleuriot.

— Je veux vous donner quelque chose pour vous remercier de votre hospitalité.

— Nous vous l'avons offerte de bon cœur, mais nous ne nous attendons à rien, braves gens ! répondit le bûcheron en tendant la main tout de même.

— Je n'ai pas d'argent, reprit Balthazar, mais je veux vous laisser un souvenir qui vaudra mieux.

Il fouilla dans sa poche et en tira une petite flûte d'Orient qu'il présenta à Fleuriot, et tandis que celui-ci, un peu déçu, faisait la grimace, il continua :

— Si vous formez un souhait en jouant un air sur cette flûte, il sera immédiatement exaucé. Prenez, n'en abusez pas, et ne refusez jamais l'aumône ni l'hospitalité aux pauvres gens.

*
* *

Quand les trois rois eurent disparu au tournant du chemin, Denis Fleuriot dit à sa femme, en soupesant dédaigneusement la petite flûte dans sa main :

— Ils auraient pu nous faire un cadeau moins

bête que ce flageolet ; néanmoins je vais tout de même essayer de flûter pour voir s'ils ne se sont pas moqués de nous.

Alors il s'écria :

— Je voudrais avoir pour notre déjeuner du pain blanc, un pâté de venaison et une bonne bouteille de vin !

Puis il joua sur la petite flûte un air du pays, et tout d'un coup, à son grand ébahissement, il vit sur la table, couverte d'une fine nappe blanche, le pain, le vin et le pâté demandés.

Dès qu'il fut certain du pouvoir de sa flûte, il ne s'en tint pas là, comme bien vous pensez, et il demanda tout ce qui lui passa par la tête. Il flûtait du matin au soir. Il eut des habits neufs pour sa femme et ses enfants, de l'argent de poche, une table abondamment servie, et, comme il lui suffisait de souhaiter une chose pour l'avoir aussitôt, il devint en peu de temps un des richards du canton. Alors, à la place de sa hutte à demi effondrée, il fit construire un superbe château qu'il remplit de meubles précieux et de tapisseries, et le jour où la construction et

l'ameublement furent achevés, il donna une grande
fête pour inaugurer sa nouvelle demeure.

Autour d'une table richement servie, étince-
lante d'argenterie et de lumière, il avait réuni
tous les gros bonnets de l'endroit. Lui-même se
tenait au haut bout avec sa femme parée comme
une châsse, tandis que des musiciens installés
dans une galerie supérieure régalaient les convives de leurs plus joyeux airs. Afin que le festin
ne fût pas troublé, il avait ordonné à ses gens
de ne laisser sous aucun prétexte les fâcheux
et les mendiants entrer dans la cour, et même
il avait préposé à la porte deux grands diables
de valets armés de bâtons, qui avaient pour con-
signe d'écarter tous les loqueteux et porteurs
de besace des environs.

Aussi, sûrs de n'être point dérangés, les invités s'en donnaient à cœur-joie, jouant des mâ-
choires, humant le bon vin et s'ébaudissant à
ventre déboutonné...

*
* *

Or, ce soir-là, les trois rois mages, ayant dé-

posé leurs présents au pied de l'enfant Jésus,
revenaient de Bethléem. En traversant la forêt,
ils reconnurent le village où ils avaient couché,
virent le château tout illuminé, et Gaspard dit
en goguenardant à Balthazar :

— Je serais curieux de savoir si notre homme
n'a pas mésusé de ta petite flûte et si, depuis
qu'il est riche, il a tenu sa promesse d'être doux
envers le pauvre monde.

— Voyons, répondit laconiquement Balthazar.

Ils s'accoutrèrent en mendiants, changèrent
leurs belles robes contre des haillons et se pré-
sentèrent à la porte du château en demandant
l'hospitalité pour la nuit ; mais on les reçut fort
mal, et comme ils insistaient, menant grand bruit,
Fleuriot mit la tête à la fenêtre et, apercevant
des mendiants, commanda qu'on lâchât les chiens
à leurs trousses, de sorte qu'ils détalèrent au
plus vite, non sans avoir les jambes fort en-
dommagées.

— Je m'en étais douté ! maugréa le sceptique
Gaspard, qui avait été mordu au mollet.

— C'est bon, répliqua le géant Melchior, il ne

'emportera pas en paradis !... Il saura ce que pèse la rancune des trois Rois mages !...

Cependant les convives continuaient à banqueter joyeusement. On était arrivé au dessert, et Fleuriot, un couteau à la main, était en train de découper une colossale brioche, quand on entendit dans la cour les grelots d'une chaise de poste traînée par quatre chevaux fringants, caparaçonnés d'or. Fleuriot mit de nouveau le nez à la fenêtre et, voyant qu'il lui arrivait encore de nobles invités, ordonna qu'on les fît monter en toute hâte. Lui-même vint avec un flambeau les recevoir à la porte de la salle. Alors on vit entrer les trois Rois mages en pompeux appareil couronne en tête, vêtus de pourpre et de pierreries. Fleuriot, qui avait reconnu ses anciens hôtes, fit bonne contenance et, avec force salutations, les pria de prendre place à table.

— Merci ! dit Balthazar séchement, nous ne mangeons pas chez un homme qui reçoit si mal les pauvres gens.

— Je vous fais compliment de la façon dont

vous tenez vos promesses ! cria Melchior de sa grosse voix.

— Ah ! tu lâches tes chiens sur les mendiants ! ajouta Gaspard en se tâtant la jambe ; attends, je vais te jouer un air que tu ne connais pas encore !...

Et, tirant de sa poche une petite flûte pareille à celle qu'on avait donnée à Fleuriot, il la fit résonner terriblement. En un clin d'œil, la table, les convives, le château s'évanouirent, et le bûcheron se retrouva, seul et nu, sur la lisière du bois, devant sa hutte en ruine, avec sa femme et ses enfants en haillons.

— Heureusement il me reste ma flûte ! songea-t-il.

Mais il eut beau fouiller ses poches percées ; le talisman avait disparu avec les trois Rois mages.

*
* *

Et c'est depuis ce temps qu'on a coutume, lorsqu'on coupe le gâteau des rois, de mettre soigneusement de côté la part des pauvres.

PLUIE EN MONTAGNE

---

18 août. — Gorges de la Diosaz. — Il a fait hier un orage qui a complètement détraqué le temps. Ce matin, à Sallanches, en ouvrant nos fenêtres, nous avons vu, à travers des envolées de nuages, les sommets des montagnes poudrés à blanc par une neige subitement tombée pendant la nuit. Tandis que nous prenions notre café à la crème et au miel, la pluie a recommencé à tomber, mais cette fois menue et tranquille, comme une bonne petite pluie qui prend son temps et qui est bien décidée à durer toute la journée. Ce qui n'a pas empêché mon oncle Brocard de déclarer, en brandissant son *alpenstock*, que « les éléments ne parviendraient pas à mettre obstacle à ses poursuites scientifiques ». — Mon

5

oncle Aristide Brocard est un ancien pharmacien,
retiré des affaires après fortune faite. Pendant
vingt-cinq ans, il a vendu des médicaments à sa
clientèle de Villotte et n'a pas bougé de derrière
les bocaux verts et bleus de son officine. Mais,
tout en manipulant ses drogues, il caressait un
dada qui lui faisait prendre sa vie casanière en
patience : — à force de vendre de la teinture
d'arnica à ses pratiques, il était hanté du désir
de cueillir lui-même un jour sur les cimes al-
pestres cette fleur d'*arnica montana*, qu'il n'a-
vait jamais vue qu'à l'état de plante sèche et
dont il vantait sans cesse à ses clients les vertus
résolutives et vulnéraires. Ce désir, exaspéré
dans la solitude, était passé à l'état d'idée fixe,
et, dans ses rêves, mon oncle voyait chaque nuit
la fleur jaune rayonner comme un petit soleil.
Aussi, dès qu'il eut vendu son officine, Aristide
Brocard me notifia son intention de partir pour
les montagnes de la Savoie en quête de la fleur
de ses rêves, et m'enjoignit d'avoir à lui servir
de compagnon de voyage. Mon oncle n'ayant
d'autre héritier que moi, j'ai dû m'incliner et

faire par ordre, en sa compagnie, une excursion
dans les Alpes.

*
* *

Ce n'est pas précisément une partie de plaisir que ce voyage, à la recherche de l'*arnica
montana*. Mon oncle, dans l'exercice de la phar-
macie, a contracté des habitudes pédantesques
et prudhommesques qui font mon désespoir. En
outre, comme, malgré ses cinquante ans sonnés,
il est très vert et très ingambe, il a eu l'idée de
se déguiser en touriste : il est coiffé d'une cas-
quette blanche avec couvre-nuque, et guêtré jusqu'aux genoux. Sa longue lévite gris de fer re-
tombant sur ses guêtres jaunes lui donne une
tournure assez ridicule, qui fait sourire les petites Anglaises près desquelles nous passons, et
il me semble qu'on me rend responsable de ce
grotesque accoutrement. — Tout à l'heure, en
entrant dans les gorges de la Diosaz, nous avons
encore prêté à rire à trois jeunes femmes qui
descendaient le sentier glissant, appuyées sur

leur bâton et enveloppées dans leur water-
proof.

Ces gorges hautes et profondes, tapissées
d'arbustes et de grands arbres, vont toujours rétrécissant leurs parois schisteuses, au fond desquelles bouillonne la Diosaz. Des galeries de
bois, retenues par des crampons de fer et sur-
plombant au-dessus du torrent, permettent de
longer le défilé dans toute son étendue. On y est
pénétré d'humidité. Du haut du ciel gris, la pluie
fine vous tombe sur le dos, les arbres vous se-
couent des gouttières au passage, et d'en bas,
la Diosaz qui écume vous envoie à travers la
figure d'aveuglantes poussières d'eau. Malgré cela,
on est pris par ce déchaînement du torrent.
Entre ces deux murailles noires et luisantes, la
Diosaz tombe du haut d'un couloir d'ardoise;
elle rebondit toute blanche, se tord entre les
roches, lance des fusées de gouttelettes dans les
arbres et emplit le ravin d'une clameur gron-
dante. Pas une branche, pas une feuille, pas
un brin d'herbe qui ne ruisselle. On se croit
transporté en pleine féerie. Parfois la nappe

d'eau, en bouillonnant, prend des formes humaines; il semble qu'on aperçoit entre les hêtres et les sapins humides la blanche et menaçante figure d'un esprit des eaux ou le vaporeux et perfide visage d'une ondine, qui glisse le long des rochers. — Nous atteignons la plus haute galerie aérienne, celle qui surplombe au-dessus de la triple cascade du *Soufflet*, et là, comme nous nous trouvons dans un groupe de touristes, mon oncle Aristide en profite pour monologuer à voix haute. « Spectacle grandiose ! s'écrie-t-il; il était donné à l'homme seul, *audax Japeti genus*, de suspendre un pont tremblant au-dessus des abîmes et d'atteindre l'aire où l'aigle construit son nid! » Heureusement le fracas de la cascade couvre sa voix, et les touristes s'éloignent sans avoir entendu le discours de l'ex-pharmacien.

*
* *

Chamonix, 20 août. — Pluie battante; mais rien n'arrête mon oncle Brocard. En passant

devant les Bossons, à la vue des blocs de glace
qui blanchissent à la base du glacier, il s'est ex-
clamé : « Hein ! si tout cela était du sucre, l'humanité en aurait assez pour édulcorer ses sirops
jusqu'à la fin des siècles !... » — Et cette réflexion pharmaceutique m'a fait rougir jusqu'aux
oreilles. — La principale rue de Chamonix est
un lac de boue, au milieu duquel pataugent des
guides, attendant les touristes désireux de ten-
ter une ascension. Nous profitons d'une éclaircie
pour grimper au Montanvers. Un rayon de soleil
glisse entre les nuées. De longues fumées blanches rampent le long des pentes du Brévent, et
tout là haut, perçant les nuages, les neiges de
quelques aiguilles du mont Blanc étincellent en
pleine lumière. Nous montons lentement à travers les sapins et les mélèzes, précédés et sui-
vis de cavalcades de touristes mâles et femelles.
Il fait grand chaud, une lourde chaleur d'orage,
et mon oncle Brocard se dépouille de sa lévite.
Vous n'avez jamais vu de spectacle plus comique
que la silhouette de ce grand bonhomme en bras
de chemise avec son *alpenstock* et ses guêtres

jaunes. Les guides eux-mêmes s'esclaffent de rire
et je maudis la destinée qui m'a fait l'héritier
présomptif de cet oncle solennel et maniaque.
Lui n'a pas l'air de s'apercevoir du ridicule de sa
toilette. Il court à travers les sapins et herborise
gravement.

A l'auberge du Montanvers, qui dresse la
masse carrée de ses murs de granit au-dessus
de la *Mer de glace*, le site est d'une sauvagerie
saisissante. Au fond, dans la direction de l'*aiguille Verte* et de l'*aiguille de Dru*, d'épaisses
vapeurs noires masquent la montagne, et, sur
ce noir fuligineux, le glacier se détache avec
une blancheur éblouissante, çà et là coupée par
les bleuâtres transparences des crevasses. Pour
un peu, on se croirait dans un des cercles de
l'*Enfer* de Dante. Malheureusement les touristes,
et notamment mon oncle Brocard, nuisent à l'il-
lusion. A l'intérieur de l'auberge, dans la salle
même où s'étale un bazar d'objets en jaspe et
en agate, on s'est attablé pour déjeuner. Les excursionnistes affamés dévorent leurs côtelettes en
silence. La pluie se remet à tomber et cela ajoute

encore aux mornes attitudes des convives. Mais
mon oncle Aristide a été envoyé par la Provi-
dence pour égayer cette maussade tablée. Au
milieu du silence général, mon oncle très affairé
à essuyer sa fourchette, relève la tête, regarde
à droite et à gauche et dit gravement : « Avouez,
messieurs, que le ruolz a rendu de bien grands
services à l'humanité ! » Cet éloge de l'orfèvre-
rie Christofle, lancé en vue de la Mer de glace,
est si hétéroclite qu'il provoque une aimable
gaieté parmi les touristes et me couvre de con-
fusion.

*
* *

Après déjeuner, malgré la pluie, mon oncle
m'entraîne vers le glacier. Je me vois déjà obligé
de le suivre à travers les crevasses, quand, près
de la moraine, il se baisse, pousse un cri, puis
se relève triomphant, en agitant une fleur jaune
entre ses doigts :

— Enfin, s'écrie-t-il, la voici !... *Euréka !* Je
tiens l'*arnica montana*, famille des composées

corymbifères!... Remontons, mon ami : inutile
d'aller plus loin !

Il était temps. A peine avons-nous tourné
l'auberge que l'orage éclate; pluie diluvienne,
éclairs, tonnerre... Nous voyons tout au plus
assez clair pour suivre les lacets du chemin
boueux et glissant. N'importe, malgré l'averse,
c'est un beau spectacle. Les éclairs découpent
en noir les silhouettes des sapins; tout au fond,
au delà du village, le glacier des Bossons étend
au milieu des bois sa blancheur blafarde, comme
un immense suaire, et les crêtes du Brévent,
brusquement illuminées, ont des profils sinistres.
— Nous rentrons à l'hôtel, trempés comme des
soupes; nous changeons de vêtements et nous
descendons affamés à l'heure du dîner... Mon
oncle qui ne peut plus se séparer de sa plante, l'a
apportée à table d'hôte, et à voix haute, de façon
à être entendu de toute la table, il se met à m'ex-
pliquer les caractères de la famille des *composées*.

— Vous vous occupez de botanique, Monsieur? lui demande son voisin de gauche.

— Oui, monsieur, répond l'oncle Aristide avec orgueil, je suis pharmacien de première classe, ex-interne des hôpitaux de Paris... Et aujourd'hui, dans une de mes herborisations à la Mer de glace, j'ai eu l'honneur de trouver l'*arnica montana*... Voyez!

En même temps, il tend la fleur à son voisin, qui la regarde avec tranquillité et réplique :

— Pardon, ceci n'est pas l'*arnica*.

— Hein ! Qu'en savez-vous?

— Mon Dieu! je le sais, parce que depuis dix ans j'herborise dans les Alpes... Ceci est une plante similaire: le *chrysanthemum auratum*, que nous appelons aussi la *marguerite dorée*... Le véritable arnica a le réceptacle plus étroit, les demi-fleurons plus rares et plus irréguliers. Vous n'avez mis la main que sur le *faux arnica*.

J'ai cru que j'allais immédiatement hériter de mon oncle Brocard, car il a failli en avoir une attaque d'apoplexie... »

THÉATRE D'AMATEURS

En ce temps-là, j'entrais dans mes dix-huit ans
et je commençais mon cours de philosophie ;
mais j'étais, je l'avoue, plus féru de théâtre que
de psychologie et de logique ; je lisais les drames
de Victor Hugo plus amoureusement que le *Discours sur la méthode*. Je n'étais jamais sorti de
ma petite ville et n'avais jamais assisté qu'aux
représentations données par une troupe de quatrième ordre dans une salle étroite et enfumée ;
n'importe, mon imagination suppléait à l'indigence des décors et à l'insuffisance des acteurs,
et quand j'avais vu représenter la *Ciguë* ou
Claudie, la prose de George Sand ou les vers
d'Augier bourdonnaient dans mon cerveau nuit
et jour. Je finis par communiquer un peu de mon

feu sacré à mes camarades de classe et je les
décidai à jouer la comédie. Un de nos condis-
ciples, dont le père était fabricant de toiles
de coton, nous offrit le vaste grenier de sa
famille comme salle de spectacle, et chacun
se cotisa pour y édifier un théâtre. L'installation
était fort primitive et rudimentaire. Cela ne ressemblait en rien à ces coquettes scènes illuminées
et fleuries qu'on retrouve en hiver dans chaque
salon parisien, depuis que les représentations
théâtrales sont devenues une sorte de sport à la
mode. Pourtant, chaque fois que j'assiste à l'une
de ces représentations mondaines, je resonge
avec une joie mélancolique à notre théâtricule ;
je revois comme si j'y étais encore, notre salle
de spectacle installée sous les toits.

*
* *

Le grenier avait été coupé en deux dans sa
largeur par une cloison de toile. D'un côté était
le « foyer des acteurs » ; de l'autre s'étendait,
au fond, la scène, et, en avant, la place réservée

aux spectateurs. La scène était de plain-pied et
manquait de dégagements, mais nous avions
deux décors : un salon et une chaumière, et
notre rideau tombait avec une lenteur presque
aussi majestueuse qu'au Théâtre-Français. Au-
dessus de la salle sombre et nue, les solives du
toit enchevêtraient leur charpente touffue, et,
dans les encoignures, les araignées grises, au
bruit de nos coups de marteau, interrompaient,
effarées, l'ourdissage de leur toile. Quand nous
eûmes achevé de construire le théâtre à la sueur
de nos fronts, nous discutâmes longuement le
choix des pièces. Nous nous heurtions dès le
début à une grosse pierre d'achoppement :
l'absence de femmes dans notre troupe. Bien
que presque tous complètement imberbes, nous
manquions absolument de la grâce, de la sou-
plesse et du charme nécessaires pour jouer des
rôles de jeunes femmes ou de jeunes filles. Or,
comme il n'y a guère de pièces sans amour, et
d'amour sans amoureuses, nous nous trouvions
fort empêchés. — Après de tumultueux débats,
je proposai *Passé minuit* où deux hommes seu-

lement sont en scène, et le quatrième acte de
Ruy-Blas, où il n'existe qu'un rôle de femme, la
duègne,

affreuse compagnonne
Dont la barbe fleurit et dont le nez trognonne.

Or ce rôle-là devait être admirablement tenu
par un de nos camarades, dont la barbe naissante
et la bourgeonnante figure feraient une duègne
accomplie. — Ce programme une fois arrêté,
les répétitions commencèrent.

*
* *

Oh ! ces répétitions de l'après-midi, dans la
pénombre de l'obscur grenier où les senteurs des
bois de teinture entassés dans les caisses se
mêlaient à l'odeur âcre des toiles de coton fraîchement tissées, je m'en souviens avec délices !
J'avais grand'peine à faire comprendre à mes
prosaïques compagnons les vers lyriques d'Hugo,
mais moi, je m'incarnais dans mon rôle de *don
César*, et je m'y délectais. Le grenier aux murs

humides, aux poutres drapées de toiles d'aragne,
disparaissait. Je me croyais à Madrid, au fond de
la petite chambre « somptueuse et sombre » de
la maison de Ruy Blas, et je me sentais pris
d'une vague et béate mélancolie en débitant ces
vers :

Buvons ! Tous tes doublons
Ne valent pas le chant d'un ivrogne qui passe !...

D'ailleurs, un attrait fort vif était venu s'ajouter
au plaisir des répétitions. Notre hôte, le fils du
fabricant, avait une sœur de dix-neuf ans, fort
jolie, et cette jeune personne, après avoir éner-
giquement refusé d'être actrice, avait néanmoins
offert ses services comme *souffleuse*. Mlle Delphine,
c'était son prénom, venait à chaque répétition
s'asseoir dans la coulisse, avec la brochure sur
ses genoux, et son aimable profil s'enlevait en
silhouette sur le jour froid des fenêtres du fond. Elle
était déjà très formée, svelte avec de belles épaules ;
sa coiffure à la Sévigné encadrait d'abondantes
boucles blondes, une figure rose un peu mouton-
nière, où luisaient deux grands yeux bleus étonnés

et où s'entr'ouvrait une bouche toujours souriante. Nous ne nous lassions pas de la regarder,
— plus attentifs à ses œillades qu'aux répliques
qu'elle nous soufflait. — Elle s'apercevait bien de
l'impression que sa jeune beauté de dix-neuf ans
produisait sur la troupe, et je crois qu'elle n'en
était pas fâchée, ayant un bon fonds de coquetterie. —Hélas! comme dit un vieux proverbe latin :
Ubi Helena, ibi Troja; là où il y a une Hélène,
naît une guerre de Troie. Les deux acteurs les
plus âgés, celui qui jouait *don Guritan* et celui
qui faisait la *duegne,* se disputaient surtout ses
bonnes grâces, et comme la coquette fille les leur
distribuait à doses égales, la rivalité de ces deux
jeunes coqs menaçait à chaque instant de troubler
le bon ordre des répétitions. Il ne fallait rien
moins que la crainte d'un éclat pour les empêcher
de se prendre aux cheveux.

*
* *

Cependant les rôles étaient sus, la pièce se
trouvait au point et on résolut de procéder à une

répétition générale en costumes, à laquelle on
convia les parents et les amis. — On avait frappé
les trois coups, le rideau s'était levé solennellement en présence d'une trentaine de spectateurs.
Ruy Blas était en scène et débitait son mono-
logue ; moi, je m'étais blotti au fond, derrière la
cheminée d'où je devais dégringoler, quand, au
moment où Ruy Blas disait d'une voix creuse :

> Le sort trouble nos têtes
> Dans la rapidité des choses sitôt faites !

un tumulte s'éleva dans la coulisse, suivi d'un
échange de gros mots et du claquement d'un
soufflet vigoureusement appliqué. C'était *don
Guritan* qui avait surpris la *duègne* en train de
baiser la main de la *souffleuse*, et qui giflait
violemment son rival. En un clin d'œil, tous
les parents et amis avaient envahi la scène :
— scandale, cris de réprobation, expulsion de
don Guritan et de la duègne en costume, éva-
nouissement de la jolie Delphine, tout cela fut
l'affaire d'une minute et la représentation s'en
alla à vau-l'eau. — Le pis fut que le lendemain

notre professeur de philosophie, instruit de l'es-
clandre, en profita pour refaire le discours de
J.-J. Rousseau sur le *Danger des spectacles;*
après quoi, il consigna tous les acteurs.

Et ainsi s'effondra piteusement notre théâtre
d'amateurs.

LA TENTATION D'ANTOINE

———

Au commencement de mars et à la nuit tombante, Antoine de Rupt quittait les fonds humides de la forêt de Beaulieu-en-Argonne, où il avait été à la chasse aux bécasses, et descendait par Bellefontaine vers la vallée de la Biesme. A mesure que les bois s'enténébraient, la lune nouvelle à son premier quartier arquait son croissant au-dessus des futaies et rendait plus transparentes les blanches vapeurs qui ondulaient au-dessus du cours sinueux de la petite rivière. En même temps sa clarté, prenant en écharpe la tranchée de Bellefontaine, mettait en relief la robuste et svelte silhouette du chasseur guêtré jusqu'aux genoux, vêtu d'une veste de velours brun et coiffé d'un feutre déformé et délavé par l'humidité. Sous ce feutre aux bords rabattus, les rayons lunaires faisaient scintiller deux yeux bleus très vifs et montraient un nez en bec d'oiseau, des traits fanés assez fins, une barbe brune, frisottante et fourchue.

C'était un type curieux que cet Antoine de Rupt! Il descendait de l'une de ces familles de verriers qui se sont établies au XVIe siècle en Argonne et qui, avec de grandes prétentions nobiliaires, ont fini par prendre les mœurs très rustiques des paysans et des braconniers au milieu desquels elles vivent depuis tantôt trois cents ans. Son père, David de Rupt, avait dirigé une verrerie dans les environs de La Chalade et y avait perdu le plus clair de son patrimoine. Antoine de Rupt avait lui-même *soufflé la bouteille* dans sa prime jeunesse, mais ce métier fatigant l'avait vite lassé. Il s'était engagé à vingt ans, puis, à l'expiration de ses sept ans, était revenu au gîte, à La Chalade, où il vivait chichement des épaves de la fortune paternelle. Il tirait ses principales ressources du braconnage et de la pêche. Très adroit tireur, très habile rôdeur de rivières, il vendait son gibier et son

poisson aux aubergistes des bourgs environ-
nants. Quand il avait l'escarcelle garnie, il
frayait avec les petits gentillâtres de Varennes
ou des Islettes, et gagnait lestement leur argent
à la bouillotte, car il était aussi fin joueur que bra-
connier expert. Heureux au jeu, il l'était encore
plus en amour, et la liste de ses bonnes for-
tunes eût pu rivaliser avec le fameux catalogue
de Don Juan. — Dès qu'il sentait sa bourse s'a-
platir, il disait adieu aux plaisirs mondains, et,
le fusil au dos, le carnier en bandoulière, il
s'enfonçait dans la forêt, en quête de gibier. Il
y vivait des semaines entières, en vrai sauvage,
tendant des collets, faisant la nique aux fo-
restiers, parcourant l'Argonne depuis Grandpré
jusqu'à Beaulieu; parfois, à la brune, il allait
demander bon souper, bon gîte *et le reste* à
quelque campagnarde de mœurs faciles, jadis
honorée de ses bonnes grâces; et il n'avait que
l'embarras du choix, car on lui connaissait des
maîtresses aux quatre coins de la forêt.

*
* *

Ce soir-là, tout en sifflant à plein gosier, Antoine de Rupt, sentant l'humidité de la rivière de Biesme le pénétrer jusqu'à la peau, se demandait où il irait bien coucher. Tandis qu'il cheminait sur la route et ruminait en son par-dedans, il vit tout à coup devant lui les lumières de la gare des Islettes et, au même moment, il alla se jeter dans un gros garçon, vêtu en bourgeois, qui sortait de la station en courant. A la lueur d'une lanterne du passage à niveau, les deux hommes se dévisagèrent et poussèrent simultanément une exclamation :

— Nicolas Psaume !

— Antoine de Rupt !... Comment, c'est toi, mon camarade?

Le garçon qu'Antoine avait salué du nom de Nicolas Psaume était un homme d'une quarantaine d'années, gras, ventripotent, avec une figure ronde comme une pomme, de bons yeux humides, et une bouche naïve aux lèvres constamment entr'ouvertes. Il avait été le camarade d'enfance du verrier, à La Chalade, et ils ne s'étaient pas revus depuis une quinzaine d'années.

— Que fais-tu ici? demanda Antoine après un échange de poignées de main.

— Moi, je suis comptable à la verrerie des Islettes... Une bonne place qui me rapporte quatre mille francs, indépendamment d'un joli logement aux Senades, où je me rendais quand je t'ai rencontré... Et toi, vieux, d'où viens-tu, à cette heure?

— Des étangs de Beaulieu, où j'ai tué deux bécasses... Voilà huit jours que je cours les bois, et j'étais en train de me demander où j'irais coucher.

— Toujours le même!... Ah! que je suis heureux de te revoir, mon brave!... Sais-tu quoi?... Tu vas venir à la maison; il y a une chambre d'ami où tu dormiras comme un coq en pâte et où tu resteras tant que tu voudras... Ma femme sera enchantée de te recevoir.

— Ta femme?... Tu t'es donc marié?

— Oui, il y a deux ans... J'ai épousé une des Eucherins, de Bellefontaine... Une bonne petite femme, tu verras!... Elle te connaît déjà... Bien souvent je lui ai parlé de toi et du bon temps

où nous faisions nos farces ensemble... Il paraît
que tu n'as pas changé, toi, et il n'est bruit ici
que de tes fredaines, mauvais sujet!...

*
* *

Le logis de M. Psaume, aux Senades, était une
maison neuve et proprette avec un jardin atte-
nant. Dès en arrivant, le comptable présenta son
camarade de Rupt à sa femme, qui rougit légèrement en entendant nommer le gentilhomme
verrier de La Chalade. Mme Psaume était une jolie
personne de vingt ans, châtaine avec des yeux
bruns; grande, élégante, à la taille souple, à la
peau blanche, à la physionomie un peu fermée :
tout l'opposé de son mari, dont la rondeur expansive et vulgaire semblait choquer par instants
cette fille de verriers, qui avait des prétentions
aux belles manières et au beau langage. Elle
resta d'abord sur son quant à soi et joua la
pudibonderie, mais lorsqu'au souper Antoine de
Rupt, mis en gaieté par une ou deux bouteilles
de vin d'Inor, commença à conter ses histoires
de chasse et de garnison, Gabrielle Psaume se

dérida; sa bouche eut de caressants sourires pour ce gaillard conteur à la langue dorée, et plus d'une fois ses yeux bruns luisants s'arrêtèrent avec complaisance sur le nouveau venu, qui paraissait autrement jeune et vivant que Nicolas Psaume, bien qu'il eût dépassé la trentaine. Antoine de Rupt, grâce à sa longue expérience du cœur féminin, comprit rapidement ce qu'il y avait de curiosité passionnée et d'aventureux désirs dans le regard lampant de la jeune femme, et toute la nuit le minois séduisant de Gabrielle Psaume trotta dans ses rêves. Aussi, le lendemain matin, ne fallut-il pas lui faire longuement violence pour l'engager à passer quelques jours aux Senades. Il resta, afin, se dit-il *in petto*, d'étudier un peu « cette petite madame Psaume ».

*
* *

Nicolas Psaume, obligé par son emploi à passer une bonne partie de la journée à la verrerie des Islettes, ne rentrait qu'aux heures des repas. Antoine et Gabrielle Psaume se trouvaient donc de longues heures en tête-à-tête. En loyal cama-

rade, Antoine s'était promis de ne point cour-
tiser à la femme de son ami d'enfance ; cependant il était aimable avec elle, il la faisait causer
et les confidences de Mme Psaume prenaient à
chaque heure un tour plus tendre. Lorsqu'ils se
promenaient au jardin, la jeune femme s'appuyait
au bras d'Antoine avec un abandon qui mettait
ce dernier terriblement à l'épreuve. Ils ne se
disaient pas un mot de galanterie, mais quand
ils restaient tous deux près de la fenêtre ouverte, à écouter la chanson des merles à la
lisière des bois, leurs regards se rencontraient
silencieusement, et ces regards fondus l'un dans
l'autre étaient pires que des paroles d'amour.
Le soir du troisième jour, Nicolas Psaume annonça au souper qu'il serait obligé de passer la
nuit à la verrerie, où on était en train de souffler des bouteilles. Tandis qu'il s'excusait de
fausser compagnie à « son vieux camarade »,
les yeux de Gabrielle et d'Antoine se rencontrèrent et le chasseur lut dans les luisantes
prunelles de la jeune femme une joie si pleine
de promesses qu'il en eut comme le vertige. —

Il alla conduire Psaume jusqu'à sa verrerie, et, pendant tout le chemin, le brave comptable ne lui parla que de son bonheur en ménage.

— Elle est si bonne, ma petite femme! s'exclamait-il ; je me sens si heureux quand je la retrouve, le soir, après ma journée de travail !... Elle est ma seule joie au monde, et si je la perdais, vrai, j'en deviendrais fou!

Et, à la seule pensée de perdre Mme Psaume, les yeux du comptable se mouillaient.

*
* *

Cette conversation avait ému Antoine de Rupt. Quand il rentra aux Senades, il trouva la salle à manger vide. Mme Psaume s'était retirée dans sa chambre ; mais, de la fenêtre de la sienne, Antoine pouvait voir, par les vitres laissées ouvertes, la jeune femme aller et venir en peignoir et jeter parfois un regard curieux vers la chambre d'ami, située en face. Les deux pièces étaient au rez-de-chaussée et s'ouvraient sur le jardin. Antoine se disait que Mme Gabrielle l'attendait sûrement, et qu'il n'avait qu'à enjamber l'appui peu élevé de la croisée pour pénétrer chez cette jolie personne, désireuse de tâter du fruit défendu. Puis il songeait aux confidences de Nicolas Psaume et un remords lui serrait le cœur. Pendant ce temps, Mme Psaume, qui ne pensait pas à se coucher, s'était accoudée à sa fenêtre.

— Si cela dure encore une heure, se murmura Antoine, je me connais... je succomberai à la tentation !

Alors il fut héroïque ; il coiffa son vieux feutre, boucla ses guêtres, endossa son carnier, et, son fusil sous le bras, après avoir laissé un mot d'excuse à Psaume, — lentement, à pas de velours, il gagna la porte d'entrée et quitta silencieusement la maison des Senades...

Une heure après, dans la tranchée de Bellefontaine, un sifflement alerte et sonore, comme celui d'un merle, montait dans la nuit de mars.

— C'était Antoine de Rupt qui regagnait les bois, et il sifflait avec une verve endiablée, comme pour se consoler de n'avoir pas succombé à la tentation.

MORALE EN ACTION

L'autre jour, entre chien et loup, à l'heure du thé, je causais morale avec ma vieille amie Mme C..., pendant qu'au dehors l'ouragan secouait les fenêtres et décoiffait les cheminées. Nous en étions venus à constater que l'institution du mariage subissait pour le quart d'heure une crise tempêtueuse semblable à celle qui en ce moment, dans la rue, semait des ardoises sur la tête des passants; — et nous comptions sur nos doigts les désastres récents que ce coup de tempête avait produits dans plusieurs ménages de notre connaissance...

Mme C... est une aimable vieille qui a eu le talent rare de savoir vieillir, de sorte qu'à soixante-cinq ans sonnés elle paraît plus jeune

que son âge. Ses magnifiques cheveux blancs et
ses spirituels yeux bleus donnent à sa figure
rosée une harmonie douce qui fait songer à des
violettes écloses sous la neige. Tout en étant
naturellement bonne et indulgente, elle a son
franc parler et elle exprime ses opinions sur les
choses et les gens avec une gaillarde verdeur où
l'on retrouve une originale saveur de terroir, car,
étant née entre Chinon et Tours, ma vieille amie
est la compatriote de Rabelais et de Balzac.

— Quand on songe, me dit-elle, que les trois
quarts du temps la machine conjugale est détra-
quée par un vulgaire grain de sable tombé par
hasard dans l'engrenage! Un misérable gravier
qu'un charitable et clairvoyant ami n'aurait eu
qu'à épousseter pour tout faire marcher à souhait!...

— C'est que, repris-je, vous savez... il y a
un proverbe qui prétend qu' « entre l'arbre et
l'écorce il ne faut pas mettre le doigt ».

— Je l'y ai mis pourtant, moi, et tout le monde
s'en est bien trouvé... Voici comment, ajouta-t-
elle :

* *
*

Il y a quelque dix ans, j'habitais encore la Touraine et j'avais pour voisin de campagne un charmant jeune ménage. La femme était une bonne petite créature, très aimante, très sérieuse et s'occupant beaucoup de son intérieur; le mari, un honnête garçon, un peu vain, un peu léger, excellent musicien et très répandu dans la société bourgeoise des environs. Le ménage, très uni, marchait à merveille, et jamais Robert (le mari) n'avait donné de coup de canif dans le pacte matrimonial; non pas qu'il valût mieux que les autres, mais parce que, se trouvant bien de son ordinaire, il n'était pas tenté de goûter au potage du voisin. Je voyais intimement les deux époux, et même le mari m'avait prise pour confidente, ce qui, à raison de mon âge mûr, ne pouvait porter ombrage à sa jeune femme. — Un jour Robert accourut chez moi tout ému; rien qu'à son air à la fois ahuri,

mystérieux et triomphant, je devinai qu'il y
avait quelque anguille sous roche et qu'il grillait
de me confier un secret. En effet, deux minutes
après, il se déboutonnait la conscience et me
contait son affaire.

— Figurez-vous, me dit-il, qu'il m'arrive une
aventure renversante... Vous connaissez la fille
du propriétaire de la Grangerie? Elle s'est mariée
il y a quinze jours à un avocat de Loches, un
M. Pontenier, et hier on a célébré à la Grangerie
le retour de noces. Comme j'avais fait souvent
de la musique avec Mᵐᵉ Pontenier avant son
mariage, on m'avait invité au dîner. — Un repas
plantureux, arrosé de vins de Touraine aussi
capiteux que parfumés!... J'avoue qu'en sortant
de table j'étais un peu lancé et que j'entendais,
comme on dit, *des violons dans le ciel.* En traversant un couloir assez sombre pour me rendre
au fumoir, je me trouvai nez à nez avec la jeune
mariée. Mᵐᵉ Pontenier était fort appétissante dans
sa toilette neuve, le couloir était très étroit,
nous étions seuls et, je le répète, le vin de Vou-
vray m'avait entrepris le cerveau. Je ne sais quel

diable me poussant, je lui pris les mains et je la complimentai gaillardement sur sa beauté. Je n'y entendais pas malice, mais il me sembla que mes innocentes galanteries produisaient sur elle un effet plus sérieux, car ses mains serraient les miennes très amoureusement, ses yeux me regardaient d'une façon très tendre et, — c'est là que commence l'extraordinaire, — tout à coup, elle m'avoua qu'elle m'avait toujours aimé, qu'on l'avait mariée contre son gré et qu'elle détestait son mari. Puis, au moment où j'étais encore ébaubi de cette déclaration, voilà une femme qui me tombe dans les bras et qui applique ses lèvres sur les miennes... Nous n'avions pas le temps de nous en dire long; elle m'apprit que son mari repartait le lendemain, qu'elle s'en retournerait seule à Loches, et il fut convenu que nous nous arrangerions pour faire le voyage en tête à tête... Qu'en dites-vous ?

Il me contait cela avec une pointe de fatuité étonnée; il avait l'air un peu confus, mais au fond il paraissait sottement fier de sa bonne for-

tune, comme si c'était une rare et précieuse
denrée qu'une fille à moitié hystérique qui se
jette ainsi au cou du premier venu.

— Je dis que c'est dégoûtant, m'écriai-je, et
j'espère bien que vous allez en rester là !

En même temps je le dévisageais. Je vis bien
vite que cette effrontée lui avait mis l'eau à la
bouche et que ce naïf et vaniteux mari, se
croyant déjà un foudre de guerre, grillait d'achever sa conquête.

— Mon cher garçon, lui représentai-je, vous
allez faire une sottise. Supposons que vous
poussiez votre pointe jusqu'au bout, vous ne
sortirez pas de votre intrigue aussi facilement
que vous y êtes entré. En province, tout se
sait; Mme Robert apprendra un jour que vous
la trompez et, comme elle n'est pas femme à
prendre la chose en riant, votre bonheur domestique s'en ira à vau-l'eau... Et tout ça pour
une donzelle dont vous serez dégoûté avant
huit jours !... Croyez-moi, le feu n'en vaut pas
la chandelle...

Mais j'avais beau prêcher, il avait soif de

mordre au fruit défendu et ne me répondait que par des faux-fuyants :

« Il avait promis, il ne voulait pas avoir l'air d'un Joseph, etc.; bref, un tas de turlutaines... »

— A votre aise! lui criai-je impatientée. Et quand comptez-vous mettre votre beau projet à exécution ?

— Demain matin, répliqua-t-il tout gonflé de sa prouesse, nous prendrons la voiture de neuf heures... J'ai retenu tout le coupé, afin que nous ne soyons pas dérangés.

— Bonne chance! grommelai-je entre mes dents.

Mais je m'étais mis en tête de sauver le bonheur domestique de mes voisins, et j'avais décidé *in petto* que mons Robert n'aurait pas le dernier...

* *
*

Le lendemain matin, enveloppée dans mon manteau de voyage, j'allai me mettre en sentinelle sur la route. A cette époque, il n'y avait

pas de chemin de fer de Tours à Loches et le
service était fait par une diligence qui traversait
le bourg à neuf heures. Vers neuf heures un
quart, j'entendis les grelots des chevaux; je
vis venir la lourde caisse peinte en jaune, et à
mesure qu'elle s'approchait, je distinguai dans
le coupé les silhouettes de mes deux coupables
qui s'apprêtaient à goûter les douceurs du tête-
à-tête.

— Maurice, criai-je au conducteur, pouvez-
vous me conduire à Loches ?

— Impossible, Madame, répondit-il en arrê-
tant ses chevaux, tout est plein. Pourtant il y a
encore une place dans le coupé, et M. Robert,
qui l'a louée, ne se refusera pas sans doute à
vous la céder.

Alors, avec un aimable et hypocrite sourire,
j'ouvris la portière et j'adressai ma requête au
naïf don Juan qui, tout ahuri et pris de court,
n'osa pas me répondre négativement. Sans
m'inquiéter des mines allongées du couple amoureux, je m'assis entre eux deux en leur prodi-
guant de perfides remerciements et nous partîmes.

Adieu le tête-à-tête et ses voluptueuses conséquences ! Ils durent me supporter jusqu'à
Loches, sans compter qu'en route je chantai
tout le temps les louanges de Mme Robert. Cette
effrontée de Mme Pontenier n'était pas assez
sotte pour n'avoir pas deviné ma manœuvre, et,
dans son dépit, elle commençait à prendre en
grippe son complice, qu'elle soupçonnait d'avoir
trop jasé. En arrivant à Loches, elle le quitta
assez sèchement. Quant à moi, je gardai mons
Robert pour cavalier, et le soir, après l'avoir
dûment chapitré, je le ramenai au bourg hon-
teux et confus, mais converti...

Ce que devint Mme Pontenier, peu importe.
C'était une de ces créatures qui n'aiment dans
l'amour que le péché, et à ces gaillardes-là les
consolateurs ne manquent pas.

L'essentiel, c'est que j'avais balayé l'obstacle
qui menaçait de détruire le bon accord de mon
jeune ménage, et que je n'ai jamais eu à me
repentir d'avoir mis mon doigt entre l'arbre et
l'écorce...

— Voyez-vous, ajouta ma vieille amie en sucrant son thé, la morale qui prêche, c'est très bien, mais la morale qui agit, ça vaut mieux encore.

LA PETITE NORINE

Dans un dizain des *Promenades et Intérieurs*, Coppée se demande où les oiseaux « se cachent pour mourir ! » Ne vous êtes-vous jamais fait la même question à l'occasion de ces jolis oiseaux de passage, — ces éphémères comédiennes qui ont eu un succès d'une soirée ou d'une saison et qui, après avoir traversé le ciel parisien avec l'éclat d'une étoile filante, disparaissent sans laisser de traces ? — Combien sommes-nous aujourd'hui qui ayons gardé le souvenir de la petite Norine ? A peine trois ou quatre. Et cependant Norine, peu d'années avant 1870, faisait la pluie et le beau temps dans un théâtre de genre du boulevard. Elle était la comédienne à la mode, les petits journaux ne tarissaient pas sur son compte et dans les salons du second Empire il n'y avait pas de fête réussie sans elle. Je la vois encore jouant le Zanetto du *Passant* devant la fine fleur des belles dames de ce temps-là, ou apparaissant à un souper de centième, drapée dans une robe couleur de blé mûr qui moulait son mignon corps et s'harmonisait avec le ton de châtaigne de ses cheveux bouclés. Elle avait alors vingt ans et, sans être régulièrement jolie, elle était charmante avec ses yeux couleur noisette, sa peau blanche, ses lèvres très rouges et son nez spirituellement retroussé. Elle possédait l'art de lancer d'une voix mordante des mots drôles et des plaisanteries terriblement salées, et elle chantait très gaillardement la chansonnette.

* *

Norine m'intéressait doublement : d'abord à cause de ses beaux yeux, puis parce que nous étions compatriotes. Elle avait une origine assez obscure. Fille d'un fripier de ma petite ville, elle avait été enlevée à dix-huit ans par un vieux journaliste qui l'avait emmenée à Paris et l'avait

fait débuter au théâtre. La première fois que je
la revis, j'eus la maladresse de lui rappeler que
nous étions du même pays. J'arrivais de ma province et j'en rapportais une fleur de gaucherie
qui — pour me servir de l'argot en usage aujour-
d'hui — m'exposait à commettre les *gaffes* les
plus odieuses. Lorsqu'on m'eut présenté à Norine
et que je l'eus saluée, je lui décochai mon plus
aimable sourire et lui dis de mon air le plus
triomphant : « Nous sommes compatriotes, Mademoiselle, et j'ai eu le plaisir de vous connaître
tout enfant. » — Elle me toisa d'un air effron-
tément étonné, puis me tourna le dos sans répondre. Ce ne fut qu'après réflexion que je compris ma sottise. Aussi, quand, plus tard, j'eus
l'occasion de me retrouver auprès d'elle, je fis
celui qui ignorait absolument son origine et son
nom de famille. De son côté, elle n'eut pas l'air
de reconnaître en moi le fâcheux qui lui avait,
un soir, rappelé des souvenirs désagréables et
nous devînmes les meilleurs amis du monde. Je
la voyais souvent au théâtre et dans des réu-
nions d'artistes, et, bien qu'une amicale familia-

rité se fût établie entre nous, jamais plus nous
ne fîmes allusion au passé ; jamais je ne surpris
dans ses yeux un de ces involontaires regards
qui trahissent une mystérieuse complicité, entre
deux personnes possédant un commun secret
qu'elles ne veulent pas laisser deviner.

* *
*

Après la guerre, elle fit partie de ces troupes
nomades qui exploitent, en province et à l'étranger, les pièces en vogue ; elle joua dans les villes
d'eaux, passa plusieurs années en Égypte et ne
reparut plus sur la scène à Paris. Peu à peu le
silence se fit sur la petite Norine. Ceux de ses
contemporains qu'elle avait charmés l'oublièrent,
et la nouvelle génération ignora jusqu'au nom
de la comédienne. D'autres jolies filles, jeunes,
pimpantes et plus modernes, recueillaient maintenant les applaudissements et les sourires sur
ce même théâtre où Norine avait débuté. Parfois, à la fin d'un souper, des gens à barbes gri-
sonnantes, évoquant leurs souvenirs de jeunesse,
s'écriaient tout à coup: « Et la petite Norine,

savez-vous ce qu'elle est devenue? » La plupart
du temps on secouait la tête et on passait à un
sujet plus intéressant. Un jour, comme la question était renouvelée devant des comédiens, l'un
d'eux répondit : « Norine? Elle a quitté le théâtre,
elle est poitrinaire et elle se soigne je ne sais
où, dans le Midi. » Une année ou deux s'écou-
lèrent, puis, un matin d'hiver, ayant eu l'idée
de rappeler le nom de ma compatriote dans un
article de journal, je reçus par la poste une
boîte pleine de mimosas et de violettes, avec
ces simples mots sur une carte : « Remerciements et amitiés de la petite Norine. »

*
* *

Un mois après, j'eus devant moi trois semaines de loisirs, et, comme cette année-là
l'hiver était détestable, je résolus d'en profiter
pour aller humer le soleil le long de la Corniche.
Lorsque j'arrivai à Menton, je songeai tout à
coup que le petit mot de Norine était daté de
cette ville et je résolus de me mettre en quête

de son domicile. La chose fut moins aisée que je ne pensais ; la comédienne était peu connue ; pourtant, à force de persistance, je finis par découvrir l'hôtel où elle se cachait et je lui écrivis pour lui demander la permission de l'aller voir. Elle me reçut le lendemain et, bien qu'elle eût mis quelque coquetterie à l'arrangement de sa toilette et de son visage, je ne pus réprimer assez vite une expression de surprise en constatant les ravages de la maladie. Quelle différence entre la moribonde qui gisait là, perdue dans son grand lit, et la pimpante actrice d'autrefois ! Hâve sous son maquillage, maigre à faire peur, les yeux renfoncés, la poitrine secouée à chaque instant par une toux rauque et creuse, la comédienne semblait avoir honte d'elle-même.

— Vous me trouvez changée, bein ? murmura-t-elle en me tendant sa main émaciée ; je suis devenue une belle horreur et je n'ose plus me regarder dans une glace... N'importe, c'est gentil à vous d'être venu voir ce qui reste de la petite Norine !... D'ailleurs, vous, je vous ai toujours

aimé, parce que vous avez toujours été bon pour
moi, malgré le mauvais accueil que je vous ai
fait tout d'abord quand nous nous sommes revus
à Paris...

Je la regardai, un peu étonné ; c'était la première fois que je lui entendais faire allusion à
ma fameuse *gaffe* de jadis.

— Vous croyiez, reprit-elle avec un sourire
maladif, vous croyiez que j'avais oublié notre
première rencontre ?... Eh bien ! non, et je vous
ai toujours su gré ensuite de votre discrétion.
Voyez-vous, au théâtre, j'avais raconté des tas
d'histoires sur ma famille et j'avais peur d'être
blaguée par les camarades si elles venaient à
savoir que je sortais de la boutique d'un fripier...
Mais, malgré ça, au fond, j'aimais mon pays et
ça me faisait plaisir de me trouver de temps en
temps avec quelqu'un de là-bas... Vous aviez
dans les yeux et dans l'accent quelque chose de
chez nous, et quand vous étiez près de moi, il
me semblait que je revoyais nos vignes et que
je sentais l'odeur de nos bois... Ah ! les bois de
chez nous ! je donnerais je ne sais quoi pour être

encore au temps où j'allais y cueillir des mu-
guets !... Quand vous irez à V..., souvenez-vous
de faire une promenade en forêt à mon intention... Et maintenant, adieu, je n'en puis plus...
Merci de votre visite, mais ne revenez pas... Je
ne veux pas qu'on me voie mourir en détail...
C'est trop laid... Adieu !

Je la quittais après l'avoir embrassée et je
n'eus pas de peine à lui obéir, car elle mourut
de consomption le lendemain.

Ainsi finit la petite Norine, solitairement, dans
un obscur oubli, après avoir, pendant deux ans,
émerveillé et ensorcelé tout le Paris boulevar-
dier.

Avant de quitter Menton, j'allai porter des
fleurs sur sa tombe, et, tout en longeant l'allée
de hauts cyprès d'où l'on voit la Méditerranée
bleuir, je songeais combien cette réputation
après laquelle nous courons tous est peu de
chose en somme, dans cette vie fuyante où hier
est déjà un rêve, où nous sommes incertains de
demain et où nous sommes sûrs d'être oubliés
après-demain.

PAQUES-FLEURIES

Pâques-Fleuries ! Un joli nom, tout plein de jolis souvenirs d'enfance... D'abord ce dimanche des Rameaux ouvrait la série des vacances de Pâques ; c'était le premier jour de liberté après l'emprisonnement des longs mois d'hiver. Puis, ce jour-là, l'église était toute parée de branches vertes et sentait déjà le printemps. Branches de buis à l'odeur amère, branches de saules couvertes de chatons jaunissants. Toutes ces *pâquettes*, comme on les appelle dans mon pays meusien, se balançaient aux mains des hommes, des femmes et des enfants, et mettaient un frisson vert dans la nef endimanchée. Les blancs et les ors des vêtements sacerdotaux, le rouge des soutanes d'enfants de chœur tran-

chaient plus vivement parmi cette verdure ; et,
en dépit des longs récitatifs de la Passion,
chantés alternativement par trois prêtres debout
devant de hauts pupitres, une gaieté printanière
régnait dans l'église. Par un vitrail ouvert dans
la verrière de l'abside, on voyait des nuages
blancs courir sur le ciel bleu, on entendait des
pépiements d'oiseaux, on respirait à pleins pou-
mons l'air humide imprégné de cette pénétrante
senteur du buis, et on se disait, avec un soubresaut de joie au cœur : « Le printemps est
revenu ! »

*
* *

Dès le lendemain matin, avide de jouir de ma
liberté reconquise, je m'en allais tout seul par
les chemins qui montent vers les vignes et les
bois. Les buissons d'épine noire n'avaient pas
encore de feuilles, mais ils étaient tout neigeux
de fleurs blanches, ce qui leur donnait des airs
d'arbustes japonais. En dessous, l'herbe poussait
verte et drue et, à chaque pas, des oiseaux en
train de bâtir leur nid s'envolaient de la haie et

filaient presque à ras de terre. Les friches étaient grises, mais çà et là on y voyait s'épanouir les corolles verdâtres de l'ellébore noir et les magnifiques fleurs violettes de l'anémone pulsatille, tandis qu'à la lisière des bois les merles sifflaient à plein gosier dans les branches rougissantes.

Les vignes à la terre d'un jaune rougeâtre étaient pleines de gens courbés vers les ceps. On n'y voyait pas encore le moindre soupçon de verdure ; rien que l'argile couleur d'ocre et les ceps noueux d'un ton noir. Seulement, de loin en loin, un pêcher de plein vent dressait sa ramure épanouie et comme poudrée d'un rose vif ; puis, en y regardant de plus près, on distinguait à deux pouces du sol une petite plante de la famille des liliacées, à la hampe minuscule terminée par de minuscules fleurettes d'un bleu violet. C'était l'hyacinthe ou muscari à grappe, qu'on nomme aussi l'*ail-des-chiens*. Cette plante abonde dans nos vignes, et je ne puis respirer sa suave odeur de prune sans revoir en esprit nos coteaux rougeâtres aux ceps tordus et ces premières journées de printemps qui s'associent

pour moi à mes premières émotions d'adolescent.
Le parfum de cette humble fleur évoque devant
mes yeux notre paysage vignoble, qui, avec les
forêts, est un des traits les plus saillants du terroir barrois.

*
* *

Le vin de nos vignes n'a pas la haute réputation de ses voisins de la Champagne et de la
Bourgogne. Il ressemble à ces grands hommes
de province qui redeviennent obscurs dès qu'ils
franchissent les limites de leur département. Il
n'est bu et apprécié que dans le pays ; d'ailleurs
il ne supporte pas le transport. C'est un petit vin
léger, couleur de groseille, qui se dépouille en
vieillissant et prend des teintes de pelure d'oi-
gnon. Il a un agréable goût de terroir qu'es-
timent fort les buveurs du cru, et, tout humble
qu'il est, il a connu des jours de gloire. Au
temps où Marie Stuart vint visiter ses parents,
les ducs de Bar, il fut servi à la table ducale, et
la jeune reine y trempa ses belles lèvres, tandis

que des chœurs chantaient des vers composés
par Ronsard pour la circonstance :

> Je nourris tout, toutes choses j'embrasse,
> Et ma vertu par toutes choses passe ;
> Je serre tout, je tiens tout en mes mains,
> Et, tout ainsi que de tout je suis maître,
> Pour commander au monde, j'ay fait naître
> Ce jeune roy, le plus grand des humains.

On raconte aussi que ce joli vin de pineau fut
versé à des cardinaux pendant le concile de
Trente, et que ceux-ci, soudain illuminés par le
Saint-Esprit, déclarèrent tout d'une voix que le
vin de Bar était l'un des meilleurs de la chrétienté.

Depuis, il a un peu déchu, ou peut-être nos
palais sont-ils devenus plus difficiles. J'incli-
nerais à croire que la qualité de ce vin ducal
s'est affaiblie par la substitution d'un plant plus
vulgaire, mais plus productif, au vieux plant de
pineau qui donnait de petites grappes peu nom-
breuses, mais exquises. — Quoi qu'il en soit, à
présent encore, les vignes tapissent toutes nos
collines de la vallée de l'Ornain, et c'est un
spectacle doux à l'œil, quand, triomphant des

gelées de mai, les pampres ont poussé et
couvrent de leur verdure phosphorescente les
rondes épaules des coteaux.

*
* *

Et aux environs de la Saint-Jean, pendant les
nuits de juin, c'est un charme que d'errer à travers nos collines, alors que la fleur de vigne a
déclos les corolles verdâtres de ses grappes.
Une virginale et amoureuse odeur se répand
dans toute la vallée. Ce n'est pas le parfum
capiteux du vin, mais c'en est déjà l'avant-cou-
reur; dans l'exquise et pure haleine de la vigne
en fleur, on devine déjà toutes les ivresses qui
sortiront de la grappe mûre et fermentée. Ainsi
les idéales exaltations de la puberté commen-
çante font pressentir les passions brûlantes de
la jeunesse en pleine maturité. — Cette odeur
vous grise doucement, chastement, mais elle
vous grise. Quand elle se répand dans la vallée
et arrive jusque dans la ville, les jeunes gens
accoudés à leur fenêtre se mettent à rêver

d'amour ; les jeunes filles se sentent prises
d'une langueur indéfinissable, et les vieillards
resongent, avec un soupir de regret, à leur jeunesse passée. On dit même qu'au fond des caves,
dans les barriques où il est enfermé, le vin des
années précédentes subit l'influence de cette
odeur qui s'exhale du vignoble, et qu'il fermente
et bouillonne à faire craquer les cercles des ton-
neaux.

* * *

Cette odeur de la jeune grappe aux boutons
fraîchement éclos et cette autre pénétrante senteur de l'hyacinthe des vignes pendant la semaine
de Pâques-Fleuries se confondent dans ma mémoire comme deux sensations sœurs : l'une plus
innocente, plus enfantine, délicate comme la
première verdure du printemps ; l'autre, plus
vive, plus brûlante, apportant avec elle les ar-
deurs de l'été et le trouble des sens déjà éveillés
par l'éclosion de la vingtième année. . Hélas ! et
toutes deux ne sont plus que des souvenirs déjà

lointains !... N'importe ! je suis comme le vieux
vin enfermé dans les futailles, et quand ces
odeurs me reviennent, évoquées par les premières branches de saule et les premières floraisons de Pâques, je ne puis m'empêcher de tres-
saillir. Comme le poète de Gœthe, je crie au
printemps : — Rends-moi ma jeunesse, rends-
moi le temps où je n'étais qu'un écolier et où je
foulais d'un pied léger et content la terre rouge
de nos vignes toutes fleuries d'hyacinthes bleues,
toutes gonflées de bourgeons naissants !

JERSEY

Jersey. — Les voyages les moins prémédités sont les plus charmants. Tristan et moi, nous avions l'intention, en quittant Dinard, d'aller coucher au mont Saint-Michel; mais comme nous longions le port de Saint-Malo, nous sommes arrivés devant le bateau de Jersey. Le vapeur chauffait pour le départ, les hommes du bord entassaient les bagages sur le pont et les passagers descendaient avec précaution l'escalier volant. Nous ne connaissions Jersey ni l'un ni l'autre, et nous échangeâmes un regard significatif. — Si nous partions, nous aussi ? — Cinq minutes après, nous étions installés dans le *dining room* du bord, en face d'une tasse de thé que nous buvions comme pré-

caution contre les éventualités du mal de mer.
Bientôt une sourde trépidation, accompagnée
d'un désagréable mouvement d'escarpolette nous
a avertis que le bâtiment se mettait en marche,
et nous sommes remontés sur le pont, juste à
temps pour voir la côte de Dinard et les fortifi-
cations de Saint-Malo fuir derrière nous. Après
avoir supporté assez vaillamment le léger ma-
laise que produit tout d'abord le roulis sur l'es-
tomac des passagers qui font leur première
traversée, nous avons jeté un coup d'œil sur
nos compagnons de voyage. Beaucoup d'Anglais et peu de compatriotes. Des *gentlemen*
solides, confortablement enveloppés dans leur
ulster, braquent des longues-vues sur les côtes
de France. De jeunes *miss* commencent à pâlir
et se penchent au-dessus de la balustrade, avec
cette physionomie inquiète et ce regard flottant
qui annoncent l'approche du mal de cœur. Au
seuil de l'escalier des cabines, une grosse femme
dépose une pile de cuvettes, et la seule vue de
ces préparatifs achève de mettre en désarroi les
estomacs déjà faiblissants. Au bout d'une demi-

heure, la débandade commence. Parmi ceux qui luttent, nous reconnaissons un groupe de Françaises, déjà rencontrées à Dinan : une jeune fille et deux dames. La plus jeune, remarquable par sa physionomie très éveillée et deux longues nattes brunes, est presque encore une fillette. La plus mûre peut avoir quarante-cinq ans ; elle a dû être fort jolie, son teint mat et ses clairs yeux bruns ne sont pas sans charme, ses lèvres fines et bonnes ont ce sourire attristé qui indique de secrètes souffrances. Elle est vieille fille et elle répond au nom d'Eulalie. Après avoir juré de ne point aller sur mer, elle s'est laissée entraîner à Jersey par sa jeune nièce qu'elle chaperonne et qui a tout l'air de la mener par le bout du nez. Enveloppée dans deux couvertures de voyage, pâle et frissonnante, elle s'est assise près de la cheminée de la machine, n'osant pas bouger de peur d'éveiller le mal de mer qui sommeille. Elle conte ses petits ennuis à Tristan dont l'honnête visage a le don d'inspirer confiance aux gens et de les rendre communicatifs. « En descendant la Rance, lui dit-elle, je m'étais promis de ne plus remonter dans un bateau, mais ma nièce est intrépide... Figurez-vous que, sans rien dire, elle est allée prendre nos billets pour Jersey ! Quand j'ai vu qu'elle grillait de faire une traversée, j'ai cédé... C'est le lot des tantes d'obéir aux caprices de leurs nièces. Et puis, quand on devient vieux, on n'a plus qu'une chose à faire, n'est-ce pas ? C'est de gâter ceux qu'on aime afin qu'ils gardent un bon souvenir de vous... » Passé trente ans, les vieilles filles d'ordinaire tournent à l'aigre ; mais celles qui résistent à cette crise de la trentaine et ne s'y imprègnent pas d'amertume sont adorablement bonnes. La tante Eulalie me paraît être du petit nombre de ces dernières.

Tandis que Tristan ouvre un cœur bienveillant aux confidences de l'aimable tante, le crépuscule arrive. Les côtes de France ont disparu, au-dessus de nous le ciel s'est éclairci et les premières étoiles y brillent vivement. A l'horizon, un voile de vapeurs grises s'élève sur la mer d'un vert sombre, puis, au-dessus, de gros nuages d'un bleu noir s'arrondissent en pre-

nant des formes arborescentes. On dirait là-bas
un immense mur de parc, surmonté par des
massifs d'arbres gigantesques, entre les branches
desquels on aperçoit çà et là des coins de ciel
couleur d'aigue-marine. Tout à coup, des lumières
trouent ce rideau de brume ; les feux alternativement rouges et verts d'un phare se reflètent légèrement sur les vagues. On distingue les cris des
hommes du port, les claquements de fouet et les
grelots des voitures. Nous voici en vue de Jersey
et les gens du bord lancent des fusées en guise
de signaux, pour annoncer que le vapeur entre
dans le port de Saint-Hélier...

* *
* *

Trois heures de traversée ont suffi pour nous
transporter dans un milieu dont les mœurs et la
nationalité diffèrent très sensiblement des nôtres.
Bien que l'île soit normande et que la langue
française y soit encore parlée, surtout dans les
campagnes, la ville de Saint-Hélier est absolu-

ment anglaise. Une première promenade noc-
turne à travers les rues, très animées et fort
bien éclairées, nous a rapidement convaincus
que nous étions en pays britannique. Les maisons
aux larges fenêtres ornées de stores et décorées
de pots de fleurs ; les rideaux rouges des *bars* ;
l'aspect des boutiques dont les étalages tirent
violemment l'œil ; l'étrange contraste de l'église
paroissiale qui se dresse en plein quartier com-
merçant avec son élégante architecture gothique
et son cimetière peuplé de tombes grises ; la
foule qui encombre les rues et qui s'agite bruyam-
ment, mais sans gaieté ; tout cela vous laisse
une impression bien anglaise. Dans *King-street*
et *Beresford-street*, des couples flirtent sans
vergogne, sous l'œil impassible d'un policeman
au chapeau de cuir bouilli. Des demoiselles peu
sévères, aux toilettes voyantes, ayant des fleurs
au corsage, interpellent les passants, les bras
s'enlacent autour des tailles et des baisers ré-
sonnent en pleine rue. Ici le vice a des allures
plus brutales et s'étale avec moins de réserve
que chez nous. De temps en temps, une patrouille

composée de cinq soldats en jaquette écarlate,
la petite toque d'ordonnance sur la tête, circule
sans armes, silencieusement et d'un pas de procession à travers la foule. Dans Royal-Square,
près de la statue dorée de Georges III, une femme
en chapeau de satin blanc a roulé sur une sorte
de chariot un harmonium devant lequel elle s'assied et se met à jouer; un homme l'accompagne
avec une clarinette; les flâneurs s'attroupent autour de ce concert ambulant. La femme chante
des romances en anglais, elle a une voix pure et
très étendue; on l'écoute religieusement et. après
chaque morceau, les sous tombent assez abondamment dans le chapeau de l'homme à la clarinette. L'éclat de cette voix féminine nous suit
longtemps à travers les rues devenues presque
désertes. Tandis que nous longeons la grille de
l'église paroissiale pour regagner notre hôtel,
nous tombons sur un couple formé par un soldat en jaquette rouge et une fille en chapeau à
plumes, qui s'embrassent à deux pas des tombes
et des saules mélancoliques du petit cimetière...
—C'est trop fort! murmure Tristan très choqué;

6*

qu'on vienne me parler après cela de la pudibor-
derie anglaise !

*
* *

Les paysages de Jersey sont renommés. Il est
difficile, en effet, de rencontrer dans un si petit
espace plus de beautés naturelles et une plus
grande variété de sites aimables, intimes ou
grandioses. Tous les jours des chars-à-bancs,
semblables aux grands breaks de la Compagnie
Cook à Paris, s'arrêtent devant les hôtels et y
guettent les touristes, qu'ils promènent ensuite
par fournées sur les routes de l'île. Mais ce mode
d'excursion a l'inconvénient de vous imposer un
programme et des compagnons qu'on n'aurait
pas toujours choisis ; en outre, les coins les plus
agrestes et les plus charmants de l'île sont enfouis dans des chemins où ces énormes véhicules
ne peuvent s'aventurer, et par conséquent les
excursionnistes se trouvent condamnés à ne par-
courir que les routes les plus banales. Nous avons
pris une voiture particulière qui nous a permis
de tout voir tranquillement et à notre aise. Notre

première visite a été pour la *Tour du Prince*,
antique débris d'un manoir construit par Phi-
lippe d'Auvergne, duc de Bouillon. Du haut de
la tour on aperçoit toute la partie méridionale
et orientale de l'île, dont les pointes boisées et
accidentées se découpent merveilleusement dans
une mer d'un bleu tirant sur le vert foncé ; —
la baie de Pontac avec ses villas fleuries ; la
large baie de Granville à l'extrémité de laquelle
le château de Mont-Orgueil dresse sa masse rocheuse, couronnée de tours, et fait songer au
mont Saint-Michel ; le havre de Sainte Catherine ;
et tout au loin, les ombrages touffus de la baie
de Rozel.

Les côtes ouest et nord-ouest de Jersey sont
peut-être plus tourmentées et ont un caractère
de grandeur plus sévère ; mais nulle part, dans
l'île, on ne trouve de plus délicieux chemins
couverts, conduisant à de plus rustiques et intéressants manoirs. La voiture roule entre de hauts
talus gazonneux tout fleuris de lychnis et de
digitales et au-dessus desquels les châtaigniers,
les hêtres et les chênes forment une nef ver-

doyante. Au détour de chacun de ces sentiers, le regard se repose sur une ferme aux toits de chaume, où d'énormes buissons de fuchsias vivaces décorent les vieux murs gris de leur abondante floraison empourprée. Partout une végétation qui révèle un climat doux et égal : des figuiers trapus, des lauriers, des myrtes, et derrière les grilles des villas calmes et confortables, une abondance de fleurs méridionales aux couleurs éclatantes. On ne chasse pas dans l'île; aussi est-elle le paradis des oiseaux chanteurs ; tandis que nous circulions à travers ces frais chemins creux, nous entendions de tous côtés le gazouillement léger et familier des fauvettes et des rouges-gorges ; nous étions tout imprégnés d'une sensation de fraîche quiétude et nous rêvions de pastorales arcadiennes.

*
* *

Nous avons été passer notre soirée au Théâtre-Royal dans *Glocester-street*. Peu de spectateurs, surtout dans les loges. Cette salle à moitié vide me rappelle certaines soirées théâtrales de nos petites villes de province. Elle est vaste, assez pauvrement éclairée ; au bas de chaque avant-scène, des lauriers et des fusains en pots égayent de leur verdure les premiers bancs des stalles. L'orchestre, très supérieur à celui de nos théâtres du même ordre, joue des valses de Strauss pendant les entr'actes. On donne un drame tiré du roman de Charles Reade, intitulé *It is never too late to mend* (*Il n'est jamais trop tard pour se corriger*). Je me souviens d'avoir lu ce roman, qui est très populaire de l'autre côté du détroit et qui contient une critique sévère du système pénitentiaire anglais, ainsi qu'une étude de la vie des chercheurs d'or en Australie. La pièce est très naïvement charpentée, pleine de trous et d'invraisemblances ; néanmoins le jeu des artistes est si naturel qu'on suit avec intérêt le développement de cette intrigue un peu enfantine.

Les acteurs anglais savent donner à leurs rôles un accent de réalité très vif. Ils semblent plus convaincus et plus consciencieux que les nôtres. Ils se meuvent sur les planches comme dans la rue ; ils ne viennent pas débiter leurs couplets à effet sur le devant de la scène ; ils ne craignent pas de tourner le dos au spectateur, si cette posture doit contribuer à accentuer la réalité de la situation ; il y a dans leur jeu moins de convention et plus de sincérité que chez nous. Cela a bien plus l'air d'être arrivé, et comme ils ne recherchent pas les *effets*, ils en trouvent de très simples et de très saisissants. Aussi le public paraît fort empoigné, et à chaque fin d'acte il salue les interprètes de longs applaudissements. — Dans leur théâtre, comme dans leurs romans, les Anglais me paraissent posséder bien plus que nous la science de ce *naturalisme* que nous croyons avoir inventé.

*
* *

Visite au manoir de Saint-Ouen, l'une des plus anciennes résidences seigneuriales de l'île. Il appartient depuis des siècles à la famille Carteret, et une partie de l'édifice date du règne de Henri VII. C'est dans cette demeure, moitié ferme, moitié manoir, que Charles II, exilé et fugitif, reçut l'hospitalité de son fidèle sujet George de

Carteret. Aujourd'hui, le représentant de la famille séjourne peu au manoir, dont il laisse la jouissance à un fermier de la vieille race jersiaise, qui nous en fait les honneurs. Ce bonhomme parle le pur patois normand ; il occupe les loisirs que lui laisse la culture du domaine en lisant de vieux auteurs français du XIVᵉ siècle, et il nous fait remarquer très judicieusement l'affinité du dialecte jersiais avec la langue de Robert Wace. L'antique mobilier de *Saint-Ouen's manor* est très simple ; quelques beaux meubles en chêne sculpté, et le long des murs blanchis à la chaux, des portraits représentant les membres illustres de la famille Carteret. Un escalier, orné d'une magnifique rampe en chêne, conduit aux chambres hautes, d'où on a une jolie vue sur l'étendue du domaine : partout des bouquets de chênes et de châtaigniers encadrant des prairies et des carrés de champs. Les murs gris à pignons dentelés de la maison sont entourés d'une pelouse où croissent de larges buissons d'hortensias et de fuchsias en fleurs. Tout cela, calme, intime et d'une fraîcheur verdoyante qui contraste avec la vénérable vétusté de l'habitation.

De Saint-Ouen, nous avons gagné la baie de Rozel, en passant par les grèves de Lecq et la baie de Bouley. — « Trop de baies et trop de pointes ! » maugrée Tristan, qui commence à être rassasié de belle nature. Cependant à Rozel, dans cette gorge boisée qui roule sa verdure et ses fleurs jusqu'à la mer, il admire franchement le paysage. Il y a là un petit coin béni du ciel qu'on a surnommé à bon droit le *jardin des tropiques*. Sur le versant d'un côteau abrité du vent du nord et chauffé par un soleil délicieux, croît en pleine terre une végétation absolument méridionale : eucalyptus, azalées, magnolias, mimosas, lis de Jersey aux splendides calices roses. L'air est embaumé et le regard est charmé. Là, nous avons retrouvé nos touristes du bateau à vapeur. La tante Eulalie n'en peut plus ; ses nièces l'ont traînée à travers toutes les curiosités de l'île. Elle a descendu les murs à pic de la grève de Lecq, elle s'est raboté les jambes au *Trou-du-Diable*, elle est entrée en rampant dans les grottes de Plémont. La pauvre demoiselle est complètement fourbue ; elle se laisse tomber mélancoliquement à l'ombre d'un magnolia et jure ses grands dieux qu'elle ne reviendra plus à Jersey. Tristan s'assied à côté d'elle et la console avec de belles phrases laborieusement imagées. Ces deux célibataires se comprennent et échangent doucement leurs confidences en respirant l'odeur des clématites, tandis que des rouges-gorges chantent tendrement au-dessus de leurs têtes. Rozel leur plaît, ils n'en veulent pas bouger, et je crois qu'à cette heure ils y sont encore.

TABLE

—

6879. — Tours, imp. Deslis frères.